문어 그림자에 루명 쓴 며느리

안전가옥 쇼-트 33
오유경 경장편

기억나?

며느리 · 40p
루명 · 126p
그림자 · 166p
문어 · 208p

작가의 말 · 246p
프로듀서의 말 · 252p

마지막으로 원장을 마주친 게 언제였던가. 가끔 늦은 밤 젖은 모래 밟는 소리에 창밖을 보면, 표본으로 만들 생물을 채집하러 다니는 원장의 모습이 보이곤 했다. 그뿐이었다. 에스더의 일과는 덧난 상처를 소독하고, 적절한 처방을 내리고, 경과를 기록하는 것이 전부라 원장과 마주 보고 대화를 나눌 일은 없었다. 그런데 어쩐 일로 나를 부르셨을까, 생각하며 에스더는 원장실 앞 복도의 장식장을 들여다보았다.

장식장엔 생물 표본이 가득했다. 건조되어 핀에 박힌 채 액자에 들어 있는 불가사리와 바다거미, 약액에 잠겨 유리병 속에 둥둥 떠 있는 각종 해면체와 갯지렁이들. 눈·코·입이 없으니 표정이 보일 리 만무했지만 어쩐지 다들 고통스러워 보였다. 그중 말미잘 표본 하나가 눈에 띄었다. 오그라들어 있는 촉수가 조금씩 움직이는 것 같아서였다. 잘못 봤을 거라 여기며 지나치려는데, 시야 바깥에서 분명히 지속되는 움직임이 시선을 잡아 끌었다. 살아 있을 적엔 근육을 바삐 여닫으며 먹을 것을 집어넣고 소화가 다 되면 찌꺼기를 뱉어 내었을 그 작은 입이 유리병 안에서 아주 천천히, 펼쳐지고 있었다. 사후 경련 같은 것이 무척추동물에게도 일어나는 일이던가? 말미잘의 입이 무언갈 삼킬 만큼 완전히 벌어졌을 때, 어디선가 소름 끼치는 비명이 들렸다. 에스더는 그 자리에 얼어붙었다.

"들어오시래요."

원장실 문이 열렸다. 비서는 에스더를 들여보낸 뒤 다시 문을 닫았다. 그제야 에스더는 아까 들었던 비명 소리가 실은 녹슨 경첩이 서로 마찰하며 내는 쇳소리란 것을 알았다. 원장은 에스더를 보며 서랍을 밀어 닫았다. 또 해변을 돌아다니며 무언가 주워 온 것인지 서랍 안에선 톡톡, 젖은 몸이 튀어 오르며 유리병에 부딪히는 듯한 소리가 들렸다. 바다 비린내와 독한 약 냄새가 섞여 벽지에 잔뜩 배어 있었다. 에스더는 긴장한 채로 책상을 사이에 두고 원장과 마주 앉았다.

"일요일에 왕진을 맡길까 하는데, 고민해 보고 비서한테 점심까지 답을 줄 수 있을까?"

"왕진이요?"

"그래, 왕진. 내가 봐 온 바로…"

원장은 말을 고르는 듯했다.

"에스더 양은 나이는 어리지만 이런 곳에 자원해서 올 만큼 대담하고, 독립적이고, 또 미신 같은 것은 믿지 않는 신실한 마음을 가진 것 같아서."

일제 강점기 당시 우후죽순 생겨난 한센인 요양병원들은 환자들에게 강제 노역을 시켜 운영비를 충당하곤 했다. 개중 하나를 이어받은 원장은 머리를 잘 굴리는 편이었다. 마을 근방엔 반나절 내로 갈 수 있는 병원이 없었다. 해안가 마을의 선주(船主)나 지주에서부터 약방이나 한의원 사람들에 이르기까지, 현대 의학을 공부한 간호사들에게 집 안에서 진찰받을 기회를 반기는 사람들은 어디에나 있었다. 나병 환자촌에서 왔다 하면 다들 손가락질하며 접촉을 꺼리는 탓에 왕진은 주로 한밤중에 비밀스럽게 이루어졌다. 대부분의 선배 간호사들은 조그마한 섬에 자리한 병원에서 탈출할 수 있는 유일한 기회와 보잘것없는 봉급에 더해지는 몇 푼의 돈을 반겼고, 가장 어린 에스더에게까지 차례가 올 일은 없어 보였다. 급작스레 찾아온 기회에 에스더의 마음속에는 기쁨보다 긴장이 밀려왔다.

"고민이 된다면 저녁까지 답을 주어도…"

"갈게요."

원장은 적잖이 놀란 눈치였다. "그럼 자세한 얘기는 비서한테 전해 듣고, 다녀와서 보고서를 올리는 걸로." 그렇게 원장과의 짧은 면담이 마무리됐다.

원장실에서 나오며 다시 본 장식장 속 말미잘의 입은 원래대로 오그라들어 있었다.

*

에스더가 왕진을 가기로 했다는 소문은 하루 사이 널리 퍼졌다. 잠자리에 들 준비를 할 때쯤엔 선배 간호사 여럿이 에스더를 찾아와 괴소문에 관해 이야기해 주었다. 그제야 에스더는 왕진의 기회가 어째서 자신에게까지 내려왔는지 알 수 있었다. 소문의 요지는, 왕진을 청해 온 신씨 가문의 집이 귀신 들린 집이라는 것이었다.

작은 마을에 있는 것치곤 유별나게 큰 집이지. 그 집안 선조가 조선 중기에 오위장까지 지냈다는데 어째서 이런 변방까지 내려오게 되었는지는 알려진 바가 없대. 그 집 사람들은 마을과 교류도 없이 지내니까. 과거에는 부잣집이었다고 하나 이제는 예전 같지 않은데, 그 이유는 15년 전 쉰 명이 넘는 집안 사람들과 하인들이 하루아침에 눈 녹듯 사라졌기 때문이야. 시집온 지 1년 된 며느리와 며느리가 낳은 갓난아기, 그리고 일곱 살 난 하인의 딸을 제외한 모두가 아무런 흔적도 남기지 않고 증발해 버린 거지.

15년 전이면 1930년대였다. 에스더는 그 당시라면 그랬을 법도 하다 여겼다. 나라 안팎으로 혼란이 가득했으니까. 가족 중 누군가 큰 부정을 저질러, 들키기 전 배를 타고 먼 곳으로 떠나 버린 것은 아닐까. 독립운동에 자금을 댄 것을 들켜 하룻밤 새에 몰살당한 것은 아닐까. 그렇다고 해도 며느리와 갓난아기를 남겨 두고 갔다는 점은 도통 이해가 되지 않았다.

그런데 그 집이 원래 그렇게 흉당이래. 왕 못자리를 정해 주었다던 풍수사가 산 위에서 그 집을 보고는 해안가의 지형이 거미의 상을 하고 있어 가족들이 거미줄에 엮여 줄줄이 죽어 나갈 거라고 했다나. 새들도 그 집을 피해 날고 근처의 꽃나무는 다 시들어 죽는다지. 집 바로 아래에 있는 해변엔 암초가 유난히 위협적으로 솟아 있고, 물살이 워낙 빠르게 돌아서 배가 뜰 수도 없대. 물질을 하다가는 잘피 숲에서 길을 잃기 십상이고, 그 숲이 어찌나 빽빽한지 위에서 보면 바다가 새빨갛다더라…. 한 어부가 고기를 잡다 근처까지 간 적이 있는데, 바다뱀이 절벽을 타는 모습을 보았대. 그 뱀이 어찌나 긴지 끝이 보이지 않아서 절벽 위로 오르는 건지 바다로 내려가는 건지 알 수가 없었고, 한참을 바라보다 정신을 차렸을 땐 이미 해가 진 뒤였다지 뭐야. 어디 그뿐이겠어. 절벽에 난 동굴은 입구만 수십 곳에 서로 난마처럼 얽혀 있고, 그곳을 탐험하다 빠져나오지 못한 아이들의 울음소리가 밤마다….

간호사들이 왕진을 다니며 주워들은 소문들은 서로 만나 합쳐지며 몸집을 불렸다. 이야기가 걷잡을 수 없이 부풀려졌을 때쯤, 에스더와 함께 방을 쓰는 간호부장이 들어왔다. 한순간 대화가 멎었다. 간호사들은 줄지어 에스더의 방에서 나왔다. 마지막 한 명까지 제 방으로 들어가는 것을 확인하고서야 간호부장은 방문을 닫았다.

"애들이 뭐라 하던?"

"무서운 일이 있었다고요."

"자기들이 뭘 안다고. 그 당시 여기서 일했던 사람은 나뿐인데."

간호부장은 이부자리를 정리하며 웃었다.

"내가 진짜 사연을 들려줄까?"

에스더는 고개를 끄덕였다.

"사실은 문어 때문에 벌어진 일이야." 부장의 얘기는 그렇게 시작됐다. "사시제(四時祭)를 앞두고 신씨 가문의 집에선 동네 어부가 잡았다는 큰 문어를 구매하기로 했대. 어부가 돈을 먼저 달라기에 믿고 주었는데, 통 문어를 가져오질 않아 어부의 집에 직접 가 보았더니 어부도 문어도 돈도 온데간데없었던 거지. 그런데 마을 사람들이 이야기하길, 그 어부가 큰 문어를 잡은 날이 보름날이었다지 뭐야."

"보름날이 왜요?"

"보름날엔 배를 띄우면 안 돼. 바닷사람들끼리의 미신이야. 애초에 달이 밝아 고기가 잘 안 잡히기도 하고, 바다 신들이 잠에서 깨어나 식사를 하는 날이라고 하기도 하고. 한편, 남몰래 바다에 나가려는 부류도 있었어. 큰 고기로 화한 바다 신을 잡겠다며 말이지. 그 어부도 그랬던 거야. … 그로부터 얼마 안 있어 한 나병 환자가 갯벌로 기어 나오다 신씨 가문 하인들과 마을 사람들에게 붙잡혀 맞아 죽었다는 소문이 돌았어. 사람들이 그 시체를 마을 어귀 나무에 매달아 두었는데, 다음 날 시체는 사라지고 물 자국만 남았다지 뭐니. 정말 이상한 일이지. 며칠 뒤에는 신씨 가문 식구들이 전부 사라져 버렸고. 그걸 두고 마을 사람들은 또, 나병 환자들이 이상한 주술을 부린다고 떠들어 댔어. 그런데 우리는 알잖니, 환자들이 무슨 주술 같은 걸 부리지 않는다는 거. 정말 문어 귀신이 있기라도 한 걸까?"

팔은 안으로 굽는 만큼, 에스더는 신씨 가문 사람들보다는 나무에 매였다는 나병 환자가 더 신경 쓰였다.

"그래서 병원에선 어떻게 했는데요? 환자를 보호해야 하잖아요."

간호부장의 목소리가 한순간 잦아들었다.

"그때 우리 병원에서 사라진 환자는 없었어."

무서워? 장난이야. 얼른 자. 촌사람들이 떠드는 소문이 다 그렇지 뭐. 왕진 잘 다녀오고. 간호부장은 웃으며 세면도구를 들고 방을 나갔다. 에스더는 방금 들은 이야기가 무섭지 않았다. 단지 어떤 인과로 그런 일이 가능하게 되었을지 궁금했을 뿐이었다. 이런저런 가설을 세워 봐도 전부 말이 되지 않았다. 에스더는 생각하길 멈추고 이불 속에 파고들었다. 15년 전이라면 정말로, 그런 일이 있었을 수도 있다. 하지만 그런 일을 가능케 했던 신묘한 것들은 이성과 합리의 힘에 밀려 이미 사라졌다. 그러니 아마 괜찮을 것이다. 원장이 말한 대로 에스더는 대담하고, 미신을 믿지 않는 신실한 마음을 가졌으니까. 또 에스더가 믿는 신은 문어 귀신 같은 잡신은 넘볼 수도 없을 만큼 강하고 또 선하니까.

*

물안개가 잔뜩 끼어 한 치 앞도 보기 힘든 해안 절벽 길을 오를 때도, 걸어도 걸어도 가까워지지 않는 집이 정신을 흐려지게 만들 때도 에스더는 평정심을 유지했다. 그러나 마을과는 꽤나 멀리 떨어진 해안 절벽 길의 꼭대기에 서서 신씨 가문의 집을 대면하자니 마음이 걷잡을 수 없이 요동치기 시작했다. 집의 모습은 과연 그 모든 괴소문을 자아낼 만해 보였다. 문고리를 더듬자 손바닥엔 붉게 녹 자국이 남았다. 에스더는 손을 옷에 문질러 슥슥 닦은 뒤 자전거 경적을 울렸다. 한참을 기다려도 대문 너머에선 답이 없었다. 정중하게 들릴 수 있는 범위 내에서 소리를 질러 보기도 했지만 여전히 집 안쪽에선 그 어떤 인기척도 느껴지지 않았다. 파도가 절벽에 부딪혀 부서지는 날카로운 소리만이 귓가에

울릴 뿐이었다.

에스더는 괴담의 주인공이 되고 싶지는 않았다. 그렇게 생각하며 자전거 손잡이를 붙들고 돌아섰을 때였다. 어디선가 불어온 실바람이 에스더의 목 뒤를 훑고 지나갔다. 에스더는 바람이 불어온 방향으로 고개를 돌렸다. 대문이 아주 살짝 열려 있었다. 천천히 다가가 열린 문틈 사이를 살피니, 정면으로 오래된 사랑채 대청이 보였다. 그 너머론 빼곡한 대숲이 있었는데, 댓잎들이 바람에 흔들리는 것이 마치 이리 오라는 손짓처럼 보였다. 어느덧 저물기 시작한 해를 뒤로하고 에스더는 대문 안으로 한 발짝 들어갔다. 마치 집이 사람을 삼키는 것 같은 모양새였다. 에스더가 문지방을 넘자 집은 무슨 일이 있었냐는 듯 벌렸던 입을 금세 다물었다.

신씨 가문의 집은 남부 지방 전통 가옥의 전형적인 구조를 갖추고 있었다. 왼쪽으로는 행랑채 몇 칸과 곳간이, 오른쪽으로는 안채로 통하는 중문이 보였다. 행랑채는 하인 수십 명이 지낼 법한 그 크기가 무색하게 온통 썩어 있었다. 무너진 문짝 뒤편으론 검푸른 곰팡이가 뒤덮은 토벽이 훤히 드러나 보였고, 부서진 문틀에선 정체 모를 버섯이 군집을 이루고 있었다. 그 모습만 봤다면 폐가임을 확신했을지도 모른다. 하지만 사랑채는 나름 관리가 잘되어 있었다. 목재의 결마다 세월의 흔적이 역력하긴 했어도 기름을 발라 닦은 태가 났다. 때마침 사랑채 건물 뒤편에서 머리에 물동이를 인 앳된 여자가 걸어 나왔다. 다부진 체격에 야무진 인상의 여자는 뒤늦게 에스더의 존재를 알아차리곤 그 자리에 멈춰 섰다.

"안녕하세요, 오늘 왕진 오기로 한 최에스더입니다."
"어떻게 들어오셨대요?"
"아무리 두드려 보아도 기척이 없길래 그냥 열고 들어왔습니다."

여자는 짙은 눈썹을 찌푸리며 에스더를 훑어보았다. 의심 섞인 눈빛이 기분 나빴지만 부러 내색하진 않았다. 여자는 한참 동안 에스더를 보다가, 뒤늦게야 자신이 신씨 가문의 하인 사금이라고 소개했다. 사금이는 머리에 인 물동이를 바닥에 내려놓곤 잠시만 기다리라 한 뒤 어디론가 떠났다. 에스더는 대문 바깥에 서 있을 땐 내내 귓가에 울리던 파도 소리가 집 안에선 전혀 들리지 않는다는 사실을 그제야 깨달았다.

얼마 뒤 다시 나타난 사금이는 한 남자를 앞세우고 있었다. 왕진을 의뢰한 일호였다. 일호는 에스더에게 허리 숙여 인사하곤, 원장에게 이야기 많이 들었다며 진부하게 운을 뗐다. 그러나 원장과 일호가 그리 친밀한 사이가 아니라는 것쯤은 에스더도 이미 알고 있었다. 일호는 에스더에게 눈짓하며 안채로 이어지는 중문으로 향했다. 에스더는 바삐 걸어 일호와 사금이를 따라갔다.

일호는 얼마 전 육십 줄에 접어든 사람치곤 눈빛과 자세가 곧았다. 신씨 가문 방계의 자식으로 태어난 그는 도시에서 공부를 오래 한 뒤 마을에 돌아와 훈장 노릇을 했기 때문에 마을 사람들에겐 신 선생으로 통했다. 신씨 가문 사람들이 사라진 이후, 무너진 종가를 책임지겠다며 이 집에 들어온 그를 두고 종가 중요한 줄을 안다며 칭찬하는 사람들도 있었고, 가문이 무너진 틈을 타 집과 재산을 차지하려 꾀를 냈다고 곱지 않게 보는 사람들도 있었다던가. 더러는 살아남은 며느리가 그를 홀려 집에 머물게 했으며, 둘이 그렇고 그런 사이라고 수군거리기도 했다. 어쨌거나 일호가 가지런한 사람이라는 점은 확실했다. 그가 입은 옥색 두루마기는 주름 하나 없이 미끈했고 코 위에 얹힌 뿔테 안경은 낡았으나 반질반질 윤이 났다. 앞서 걷던 일호는 반쯤 뒤돌아보며 말을 걸어왔다.

"오늘 봐 주실 아이는 우리 집 독자 영휘란 애입니다."

"아, 예."

"영휘는 태어났을 적부터 피부병을 앓았는데, 자라면서 증상이 점점 심해져 거동조차 못 할 정도이고, 고통 탓에 정신이 오락가락하니 의사소통도 거의 불가합니다."

대부분의 가족들은 환자의 상태를 최대한 희망적으로 포장하기 마련이니, 실제로 어떤지는 직접 보아야 확인할 수 있을 터였다.

"근방 의원이 지금까지 봐 주었지만 차도가 없어, 이렇게 양방 의학의 힘을 빌려 보고자 모시게 되었습니다."

"현대 의학이요."

"예?"

"양방 의학이 아니라, 현대 의학이라고 합니다."

그 뒤로 셋은 말없이 안채를 지나 별당을 향해 걸었다. 에스더는 허물어져 가는 집을 신기한 눈으로 훑는 것이 결례일까 싶어 그저 앞선 둘의 발만 보며 따라갔다. 공기 중에 떠도는 은은한 악취가 점점 짙어지고 있었다. 고개를 들자 야트막한 별당 담이 보였다. 담장 윗부분을 따라 꽃이 흐드러지게 피어 있었다. 그런데 몇 걸음 더 가까이서 보니 그것은 짧게 자른 엄나무 가지와 붉은 천을 잔뜩 엮어 꼬아 둔 새끼줄이었다. 엄나무의 뾰족하고 촘촘한 가시가 귀신을 물리치고, 해를 상징하는 붉은색이 어두운 기운을 몰아낸다고 사람들은 믿었다. 그러니 저 장식은 별당 안에 귀신과 어두운 기운이 가득하다는, 적어도 집안 사람들이 그렇게 믿고 있다는 방증이었다.

발을 높게 들어 문지방을 넘으니, 물기를 가득 품어 축축한 땅이 신발 둘레를 감쌌다. 별당 안은 고요했다. 그리고 매우 습했다. 마치 집이 위치한 절벽을 둘러싸고 있던 안개의 기원이 별당이기라도 한 듯, 물속에 들어온 것처럼 숨을 쉬기가 어려웠다. 흐릿해진 시야 사이로 마침내 자그마한 별채가 모습을 드러냈다. 별채는 역설적이게도 이 집에서 본 그 어떤 건물보다 강건해 보였다. 점점이 푸른 곰팡이가 슨 벽은 꼿꼿하게 지붕을 버티었고 균열이 진 기와들은 서로를 굳게 붙들고 있었다. 일호는 밭은기침을 하며 마루 끝부분에 멈춰 섰다. 마루 끝에 놓인 촛대에선 붉은 여뀌 한 다발이 타면서 알싸한 향을 풍겼다. 그 모습을 빤히 보며 걷던 에스더는 멈춰 선 사금이와 부딪힐 뻔했다. 고개를 들어 보니 어느새 별채 중앙에 있는 방 앞이었다. 에스더는 15년간 몸집을 불려 온 소문의 진상을 마주할 생각에 묘하게 들뜬 기분이 되었다. 댓돌에 올라서 신을 벗은 순간 느닷없이 비린내가 코를 찔렀다. 먼저 마루에 오른 사금이가 방문을 연 것이었다. 대문을 열었을 때부터 느껴졌던 악취가 방문 앞에 촘촘히 내려진 주렴 사이로 더욱더 강하게 풍겨 나왔다.

"잠시만 여기서 기다리세요."

사금이가 방 안으로 사라졌다. 흔들리는 주렴 사이로 보이는 것은 완전한, 어둠이었다. 사금이를 쑥 빨아들인 그 어둠으로부터 아주 작은 소리가 들려왔다. 속삭이는 소리, 천끼리 스치는 소리와 무언가 둔탁하게 바닥에 내려앉는 소리가 연이어 났으나 그 안에서 무슨 일이 벌어지고 있는지는 전혀 가늠할 수 없었다. 얼마 뒤 누군가 허리를 숙여 방 밖으로 나왔다. 말미잘이 걸어가는 듯 조심스러운 모습에 누구인가 하고 올려다보니, 사금이보다 훨씬 키가 크고 고아한 모습의 여인이 서 있었다. 15년 전 기억을 잃고 해변에 쓰러져 있었다던 신씨 가문의 새 며느리, 서천댁이었다. 결점 하나 없이 아름다운 그 얼굴을 에스더는 잠시 넋을 잃고 바라보았다.

"처음 뵙겠습니다. 영휘 어미 되는 사람입니다."

서천댁의 목소리엔 묘한 울림이 있었다. 별채를 온통 덮은 수증기 때문인지 목소리가 아주 먼 곳에서 들려오는 것 같은 착각이 일었다. 에스더와 짧게 인사를 나눈 서천댁은 방문 앞에 무릎을 꿇고 앉았다. 그 작은 몸짓 하나하나가 유연하고 부드러워 홀린 듯 바라볼 수밖에 없었다.

"안쪽에서도 준비를 마쳤으니 이제 진찰을 시작하시면 되겠습니다. 영휘야?"

에스더는 방 안에 들어가려 마루에 올라섰으나 방문 앞을 가로막고 앉은 서천댁 때문에 주춤했다.

"영휘야, 손 좀 줘 보련?"

잠시 뒤 주렴 밖으로 힘없이 툭, 손 하나가 튀어나왔다. 서천댁은 에스더를 가만히 쳐다보았다. 에스더는 처음 겪는 기이한 진찰 방식에 당황하면서도 악취가 풍겨 오는 방 안으로 들어가지 않아도 되어 조금은 다행이라고 생각하며, 마루에다 왕진 가방을 펼쳤다. 의료용 장갑을 낀 뒤 내밀어진 손을 잡고 자세히 들여다보니 회색빛 피부 위에 짙은 반점이 가득한 데다 퉁퉁 불어 있는 모양새가 영락없이 병들어 죽은 이의 것이었다. 군데군데 퍼져 있는 얼룩은 시반처럼 보이기도 했다. 처음엔 시체를 가져다 두고 같잖은 시험을 하려는가 싶었으나 조심스레 만져 본 손목에선 분명히 맥이 뛰고 있었다. 배운 적 없는 증상이었다. 에스더는 자신이 나병 환자를 돌보다 와서 아주 다행이라고 생각했다. 보통의 간호사라면 이런 모습의 환자를 보고 제정신을 유지하기 어려웠을 테니 말이다. 빠르게 뛰기 시작한 심장 소리를 듣지 않기 위해 일부러 더 부스럭대며 가방을 뒤진 에스더는 반점에다 확대경을 대고 들여다보았다. 그 모습을 지켜보던 서천댁이 물었다.

"나병입니까?"

"그것은 아닙니다."

나병이라 진단하려면 살굿빛 피부에 붉은 발진이 크고 작게 돋아 있어야 했다. 영휘의 피부는 지금까지 수도 없이 보아 온 나병 환자들의 것과는 명백히 달랐다.

"그럼 무슨 병입니까?"

"손만 봐서는 알 수가 없습니다. 다른 부위를 더 살펴보아야 할 듯한데…."

서천댁은 조금 생각하는가 싶더니 방 안에다 대고 "영휘야, 팔을 좀 더 뻗어 보련?" 하고 말했다. 곧이어 손과 마찬가지로 퉁퉁 부은 팔이 흐느적거리며 밀려 나왔다. 순간 등골을 타고 한기가 돌았다. 이 팔을 가진 영휘란 사람은 혼자 힘으로 움직일 능력이 없다. 혹은, 말귀를 알아들을 수 없거나. 안주인의 말에 손을 내밀고 팔을 내민 것은 아까 안으로 들어간 사금이일 터였다. 그런데 왜 이 여인은 굳이 아들에게 말을 거는 척하는가. 에스더는 당혹감을 숨기고 팔을 들여다보았다. 몸통에 가까운 쪽 피부는 손의 피부보다 더 연약한 듯했다. 조금만 힘 주어 만져도 살점이 점토처럼 떼어질 것 같아 손대기가 겁났다. 긴장한 에스더의 손가락은 주인 없는 것처럼 멋대로 움직였고 그럴 때마다 주렴 너머에선 고통에 찬 신음이 아주, 작게 들려왔다. 에스더는 가방에서 청진기를 꺼내 들었다.

"실례하겠습니다."

에스더는 사나운 짐승의 목 안에 걸린 가시를 찾으려는 사람처럼 단숨에, 진동판을 쥔 손을 주렴 사이로 뻗어 영휘의 심장께에 가져다 댔다. 심장은 분명 팔딱팔딱 뛰고 있었으나, 이상하게도 몇 번씩이나 겹쳐 들리는 것이 심장의 문제 때문인지 제 이명 때문인지 알기 어려웠다. 다른 부분을 짚어 보려는데 찬 금속의 감촉이 싫었는지 영휘가 신음 소리를 내며 몸을 뒤틀었다. 에스더도 깜짝 놀라 손을 뗐다. 흔들린 팔 때문에 주렴이 거세게 흔들리기 시작했다. 어느새 어둠에 익숙해진 눈에 들어온 것은 분명 아무렇게나 쌓아 둔 살점 덩어리 같은 몸체와, 관절이 없는 듯 널브러진 팔다리였다. 놀라서 청진기를 뗐는데도 겹쳐진 심장 소리가 귀에 쿵쿵 울렸다. 선생님. 선생님. 선생님…

"선생님?"

에스더는 청진기의 이관을 귀에서 급히 빼냈다. 그 직후 방 안에서 사람의 손이 튀어나와 주렴을 몇 번 쓸어내리며 흔들림을 멎게 하는 걸 보고 에스더는 놀라 까무러칠 뻔했다. 옆에선 서천댁이 에스더의 손을 꽉 쥐고 있었다. 피가 잘 안 도는지 서천댁은 손이 찼다. 저 멀리선 일호가 이편을 보며 서 있었다. 도통 이해할 수 없는 상황에 에스더는 제정신을 유지하기가 어려웠다. 서천댁이 먼저 입을 열었다.

"손을 보고 아셨겠지만 아이가 워낙 몸이 약해 감염이 걱정됩니다. 그래서,"

"감염이요? 저에게서요?"

"네. 선생님은 병원에서 환자들을 돌보다 오셨으니."

이미 이 지경이 된 환자인데 나균 감염 걱정이 다 무슨 소용인가. 영휘의 몸을 잠식한 균은 나균 따위와는 비교가 안 될 만큼 악독한 것임이 분명했다. 에스더는 서천댁에게 잡혀 있던 손을 거두고 장갑을 벗으며 말을 골랐다.

"팔과 가슴 한쪽으로는 내릴 수 있는 진단이 턱없이 적습니다. 전신을 보게 해 주셔야 합니다."

"압니다."

저 멀리 있던 일호가 대답하며 다가왔다. 그러나 아예 가까이 오진 않고 마루 끝과 방문의 중간쯤에서 멈추어 섰다. 그는 방 안으로부터 풍겨져 나오는 냄새를 못 견디는 듯했다. 그럼에도 살짝 콧잔등을 찡그릴 뿐 크게 내색하진 않았다.

"그런데 선생님, 우리 사이엔 아직 신뢰가 없지 않습니까?"

"신뢰가 필요한 일입니까?"

에스더는 자신을 여기까지 불러낸 양반이 당최 무슨 말을 하는 것인지 이해가 되지 않았다. 일호는 답을 미루고 화제를 돌렸다.

"이만치만 보고서도 알 수 있는 것은 없습니까?"

"제가 가져올 수 있는 도구에는 한계가 있으니 내원하여 진찰받아 보면 좋을 듯합니다."

"입원하면 나병 환자들과 지내게 됩니까?"

"원하신다면 단독 병실을 마련해 볼 수도 있겠으나, 나균은 제대로 관리만 해 준다면 전염될 일이 없습니다. 저 또한 환자들을 3년째 보아 왔지만 전염되지 않았고요."

영휘의 병명을 모르니 오히려 나병 환자들을 그로부터 격리해야 할 수도 있다는 말은 차마 꺼내지 못했다. 단체 병동에 데려간다면 악취 때문에 되레 환자들의 원성을 살 게 뻔했다. 일호는 뜸을 들이며 다음 말을 늦추었다.

"그러면 입원은 언제쯤 하는 것이 좋겠습니까?"

"가능하다면 당장 내일이 좋겠지요."

"퇴원은 언제쯤이 되겠습니까?"

"그것은 정확한 진찰 결과가 나와야 알 수 있습니다."

일호는 조용히 한숨을 내쉬었다. 깊이를 가늠할 수 없는 그늘이 얼굴 주름 곳곳에 스며 있었다.

"아시다시피 이 애는 집안의 독자입니다. 비록 무탈히 자라진 못했지만, 그래도 이 애가 이렇게 목숨 부지해 살아 있다는 것은 조상들이 집안을 굽어살핀다는 증거 아니겠습니까?"

전통적인 가치와 충돌하지 말 것. 원장이 누누이 당부한 내용이었다.

"이 애가 이만큼 자랄 수 있도록 돌봐 주신 은덕을 보아서라도 대는 꼭 이어야 합니다. 이해하시겠지요."

일호가 건넨 말에 숨은 뜻을 에스더는 짐작할 수 있었다. 그러나, 어떻게?

"그리고 나면 입원이든 요양이든 얼마든지 보내

줄 요량입니다."

서천댁은 흔들리는 눈으로 일호를 보고 있었다.

진찰은 그렇게 흐지부지 끝났다. 에스더는 사금이를 따라 아까 지나온 길로 별당을 빠져나왔다. 하지만 이대로 병원에 돌아간대도 마음이 편치 않을 것 같았다. 사금이의 몸에는 처음 만났을 때는 나지 않았던 악취가 짙게 배어 있었다. 방 안에서 영휘의 손이며 팔을 움직여 주던 사금이는 대체 뭘 보고, 듣고, 맡고, 느끼고 있었을까. 앞서 걷던 사금이가 무언가 생각났다는 듯 잠깐 멈춰서 에스더를 돌아보았다. 느닷없이 제 앞에 호롱불이 들이밀어진 탓에 에스더는 약간 놀랐다.

"이 집에서 본 것은 비밀로 해 주십시오."

본 게 있어야 말이지, 그렇게 생각하며 에스더는 다시 사금이를 따라갔다. 마침 행랑 근처를 지나갈 때였다. 호롱불의 빛이 행랑 내부를 스쳤다. 내려앉은 문틀 주위에 모여 있던 꼽등이들이 빛을 피해 숨었다. 집 안을 분주히 돌아다녔을 하인들과 식구들이 사라진 지 고작 15년이 지났을 뿐이었다. 그런데도 이 집은 마치 버려진 지 100년쯤은 된 것처럼 보였다. 본디 집이란 것은 사람이 살지 않으면 금세 망가지는 법이라곤 하지만 그 정도가 심했다.

걷다 보니 어느덧 대문 앞이었다. 사금이가 빗장을 풀고 문을 열었다. 그러곤 절벽 아래를 내려다보았다. 에스더는 한 발자국 떨어져서 불안한 눈으로 사금이의 시선을 좇았다. 처음 왔을 때와는 달리 안개가 조금 가셔 어둠 속에 있는 것들이 얼핏 보였다. 파도가 절벽 바위에 부딪혀 부서질 때마다 물방울들이 빛을 받아 별처럼 반짝였다. 바로 저 아래에, 15년 전의 진실이 잠들어 있을까.

"사리 때인지 달이 밝고 물이 많습니다. 그럼 살펴 가십시오."

사금이가 인사를 건넸다. 에스더는 머뭇거리다 벽에 기대 두었던 자전거를 일으켰다. 그리고 다시 오게 될 가능성을 계산하며 자전거에 올랐다. 언덕 아래로 내려가는 동안 바람이 절벽 주위를 휘돌며 흐느끼는 듯한 소리를 냈다.

일호와 서천댁은 사당 입구에 서 있었다. 이 집에서 가장 지대가 높고 바다와 먼 곳이었다. 산과 인접한 사당터에선 대문 앞이 훤히 내려다보였다. 얼마 지나지 않아 사금이와 에스더가 대문 밖으로 나왔다. 어딘가 문제가 있는지 에스더는 자전거를 손보며 대문 앞에 한참을 머물렀다. 사금이는 그 옆에 가만히 서 있었다. 입 모양까지 보이진 않아 대화를 나누는지는 알 수 없었다. 에스더가 언덕 아래로 사라지고, 사금이가 집으로 들어오고 나서야 일호는 발걸음을 뗐다. 일호의 뒤편에 서 있던 서천댁이 입을 열었다.

"당숙 어른, 아까 하셨던 이야기 말인데요."

일호는 반 바퀴 돌아서서 아직 사당 문 앞에 서 있는 서천댁을 올려다보았다.

"영휘를 혼인시키겠단 말씀이세요?"
"그렇습니다."
"그치만 오늘 오신 선생님께서 말씀하시길, 당장 입원시켜야 애 목숨이…"

일호는 한숨을 푹 쉬었다.

"결국 며느리를 들이고 자식을 봐야 우리가 죽고 나서도 저 애를 돌봐 줄 사람이 있을 것인데, 언제까지 질부 치마폭에 감싸 키울 생각입니까?"
"… 아무리 내 아들이라지만 세상의 어떤 부모가 영휘 같은 아이에게 딸을 보내겠어요."

일호는 살짝 놀랐다. 평소 영휘를 끔찍이 아끼는 서천댁에게서 나온 말이라는 게 믿기지 않았다. 일호는 잠시 침묵했다가 다시 입을 열었다.

"얼마 전 마을 외곽 쪽 목로주점에 갔었는데, 거기서 만난 행인으로부터 재미있는 얘기를 하나

들었습니다. 자기네 마을 유서 깊은 집안에 한 처녀가 멀리서 시집을 오기로 되어 있었는데, 오던 중 가마 다리가 부러져 소박을 맞았다고. 친정에서도 버려지고 오갈 데 없어지자 충격에 말도 못하게 되고…. 그냥 혼수로 싸 들고 온 패물만 하나하나 팔아 치우면서 조그마한 암자에 묵고 있는데, 말은 못 한다지만 정신이 빠지거나 그런 것은 아니라고 합니다. 지금은 얘기를 들려준 그 행인이 처녀를 데리고 있고, 처녀를 신부로 맞이하려는 곳이 있으면 보내 주고 싶다 했습니다."
"신부 가마가 부러지면 평생 재수가 없고 부부가 단명한다지 않아요?"
"우리 집에 올 땐 새 가마를 타고 올 텐데 무슨 상관입니까."
"차라리 집안이 좀 떨어지더라도 과거가 확실한 사람이 낫지 않겠어요?"
"그런 데서 아무나 데려왔다가 신부가 하룻밤 만에 영휘 꼴을 보고 도망가선 동네방네 이 집 아들이 어떤 모습인지 소문을 내면 어떡하냔 말입니다. 더군다나 집안 수준에 맞는 며느리를 들이는 것도 중요합니다. 조상 보기 부끄럽게, 아무 집안에서나 며느리를 들일 수는 없지 않습니까. 자식 건강이며 머리며 씨보다 밭의 영향이 크다는 것은 다들 아는 사실인데."

그 말을 하고서 일호는 잠깐 서천댁의 눈치를 살폈다. 그러나 서천댁은 그런 얘기쯤은 전혀 신경 쓰지 않는 것 같았다. 그보다 서천댁은 일호가 정말로 두려워하는 게 무엇인지 이제 알았다는 듯한 눈빛이었다. 일호는 괜스레 제 급소를 들켰다는 느낌이 들었다.

"여튼, 내가 볼 때 그 처녀만큼 영휘 짝으로 적합한 사람은 없는 것 같습니다. 원래 시집가려던 곳이 괜찮은 집안이었다 하니 처녀의 수준도 심히 떨어지진 않을 테고, 설령 도망친다 하더라도 말을 못 하니 소문을 낼 수가 없고. 질부는 어떻게 생각하십니까?"

서천댁은 대답을 않은 채 오랫동안 고개를 푹 숙이고만 있었다. 사당 처마의 그림자가 드리워진 얼굴이 스산했다.

"식은 올릴 필요도 없을 겁니다. 신부 집에서 식을 끝내고 온 셈 치고, 꽃가마와 함께 가짜 신랑이 노새를 타고 마을을 가로질러 오는 것을 마을 사람들에게 보여 준다면, 그리고 친인척들을 초대해 대접하고 인사시킨다면, 우리 집안 면도 다시 서지 않겠습니까?"

그렇게 말하며 일호는 뒤편의 사당을 가리켰다. 신씨 가문의 족보와 위패가 모셔져 있는 곳이었다. 사람들은 얼굴을 아는 가장 먼 조상인 4대조에게까지 제사를 지냈다. 5대조부터는 윤회하여 다시 세상에 태어난 것으로 보았다. 제단 위 세 번째로 놓인 위패엔 서천댁의 남편이었던 윤조의 이름이 올라 있었다. 윤조는 15년 전 밤, 집안의 다른 이들과 함께 사라졌다. 5년 전에야 일호가 주도하여 실종자들의 가묘를 만들고 위패를 쓰고 사망 처리를 했다.

"당장의 생을 잇는 데에만 집중하는 것만큼 무의미한 게 없습니다. 여기 모셔진 분들은 영원히 살아 계시지 않습니까? 영휘가 대를 잇고, 그 아이가 또 대를 잇고, 그렇게 세상에서 잊히지만 않는다면."

그 말은 영휘가 자손을 낳기만 한다면 죽어도 된다는 뜻으로 들렸다. 서천댁은 일호가 가리킨 방향으로 돌아 다시금 문이 굳게 닫힌 사당을 보았다. 서천댁은 빈 위패에 영휘의 이름이 적히게 될 날에 대하여 생각했다.

"그렇게 말씀하신다면 그런 거겠죠."

서천댁은 사당 댓돌 아래로 내려가 계속 걸었다.

가까워지는 서천댁을 바라보는 일호의 눈에 안도의 빛이 스쳤다. 그런데 서천댁은 걷다 말고 멈춰 서더니 먼 곳을 멍하니 응시했다.

"바다에 저 이상한 빛 무리들이 보이세요?"

그 말을 듣고 일호가 바다 쪽을 보니, 정말로 먼 바다에 희멀건 빛이 넘실대고 있었다. 빛은 물결치듯 움직였다. 보름달 물그림자인가 싶어 눈을 찌푸리고 보았으나 아니었다. 살아 움직이는 것들의 군집임이 분명했다. 그것들은 짓끓다가 잦아들었고 흩어졌다가 모여들기도 했다. 서천댁의 새까만 눈동자 깊은 곳으로 빛들이 빨려 들어가고 있었다. 일호는 그 모습이 무서웠다. 언제나 서천댁은 잠시 한눈판 사이 무언가에 홀려 사라져 버릴 사람 같았다.

"밤낚시 배가 뜬 것이니 신경 쓸 필요 없습니다."

그렇게 말하며 일호는 서천댁의 앞으로 다가가 일부러 시야를 가렸다.

"질부는 이전부터 바다와는 상성이 맞지 않으니 보지 않는 게 좋겠습니다. 그러다가 또 기억을 잃을 수도 있으니…."

일호의 말을 듣고 서천댁은 바다로부터 시선을 거둔 채 사당 아래로 내려갔다. 걷는 도중 생각해 보니, 빛의 정체는 낚싯배에서 나오는 빛일 리가 없었다. 뱃사람들은 보름달 밝은 날은 조황이 좋지 않다며 배를 띄우지 않았다. 달이 수면 아래를 밝게 비추기 때문에 물고기들이 깊은 곳에만 머무른다고도 했고, 바다 신들이 대어로 변해 출몰하는 날이라 잔챙이들은 몸을 사린다고도 했다.

서천댁은 무사히 손자를 얻어 영휘를 입원시키기만 하면 되었으니, 뭐가 어찌 됐든 상관없는 일이었다. 밤잠을 설칠 것 같아 서천댁은 별채로 향했다. 여뀌를 태우고 남은 재를 손에 담아 건물 모퉁이마다 뿌려 둔 뒤 서천댁은 주렴을 걷고 영휘의 방 안으로 들어갔다.

영휘는 눈을 말똥말똥 뜨고 방에 들어오는 서천댁을 쳐다봤다. 며느리를 들이고 나면 언제 다시 영휘를 재워 줄 수 있을지 모른다는 생각에, 서천댁은 팔을 괴고 누워 아들의 얼굴을 들여다보았다. 서천댁은 아들을 볼 때마다 기억나지 않는 남편 얼굴의 흔적을 찾으려 애썼다. 눈과 입술은 저를 닮았으니 눈썹 뼈와 코의 모양은 남편으로부터 온 것일까? 피부를 손으로 가만가만 쓸어 주자 끈적한 진물이 묻어나왔다.

"옛날이야기 하나 해 줄까?"

서천댁의 부드러운 손길과 나긋한 말투가 좋은

지 영휘의 숨소리가 고르게 변했다. 숨을 내쉴 때마다 입안에서 고약한 냄새가 풍겨 나왔다.

"이곳처럼 바다를 가까이 둔 마을에선 종종 문어가 사람 사는 집 안까지 들어오기도 한대. 신기하지? 먹을 걸 찾아 들어오는지, 그냥 재미로 들어오는지는 알 수가 없어. 그 문어가 어느 날은 타지에서 시집온 지 얼마 되지 않은 며느리의 방에 들어갔던 모양이야. 며느리는 호롱불을 켜 둔 채로 잠들어 있었고 말이야."

오래전 누군가가 들려준 이야기였다. 그다음이 어떻게 되었더라. 서천댁은 기억을 되짚어 보았다. 머리가 떠올리기 전에 입이 먼저 움직였다.

"그런데, 문어가 호롱불 앞을 지날 때 그 그림자가 문에 비쳐 보인 거지. 문어의 머리는 매끈하고 동그래서, 밖을 지나가던 하인의 눈엔 그게 꼭 중의 머리처럼 보였던 모양이야. 그래서 중과 내통한 것으로 오해받은 며느리는 쫓겨났단다."

결말이 썩 시원찮았지만 이 지역에선 나름 유명한 이야기였다. 귀신도 도깨비도 나오지 않는 이 이야기에 왜 괴담이란 이름이 붙어 떠도는지 모를 일이었다. 고작 문어가 나오는 무서운 이야기라니. 그 생각을 하면서 서천댁은 조금 웃었다. 그건 그렇고, 정말로 문어가 집 안까지 들어오기도 하나? 괜히 무서운 생각이 들어 서천댁은 문을 슬쩍 열고 마루를 내다보았다. 그리고 문을 굳게 걸어 잠근 뒤 잠들었다.

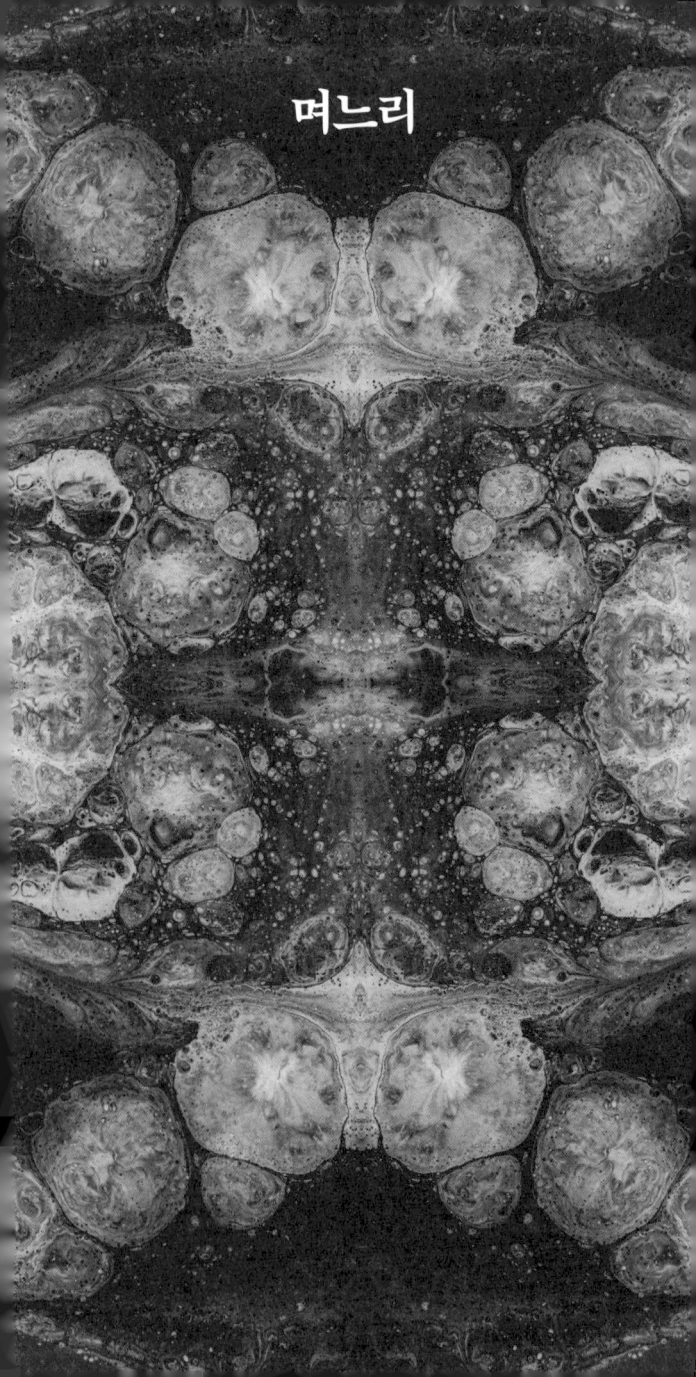

신부 가마가 배에 실렸다. 가마꾼들은 배에 올라 한바탕 수다를 떨고 싶어했으나 목포에서부터 퍼지고 있다는 괴질을 심하게 염려하는 사공 때문에 그러지 못했다. 사공은 가마꾼들이 있는 쪽을 보지도 않고 말했다.

"당신들은 본디 이곳저곳 떠돌아다니지 않소."

마음만 먹으면 가마꾼 넷을 전부 바다에 빠뜨려버리고도 남을 만한 팔뚝을 가진 사공이 덧붙였다. "호열자에 걸린 것으로 의심되는 사람은, 치안대가 곧장 어디론가 끌고 간다 하더이다. 노인이든 아이든 상관없이. 그 점이 신경 쓰여 그러니 이해해 주시오." 사공이 하는 이야기를 들은 지겸은 기분이 찜찜했다. 그래서 조그맣게 툴툴거리는 가마꾼들로부터 고개를 돌리고 앉았다. 난생처음 입어 보는 신랑 예복이 살과 마찰할 때마다 간지럽고 쓰라

며느리

려 편안하게 앉아 있을 수 없었다. 너무 크고 무거워 덜걱대는 사모를 벗자 짧게 자른 머리카락이 드러났다. 가마꾼들은 지겸을 계속해서 흘끔거리며 대화를 나눴다. 목소리 크기를 한껏 줄였으나 귀를 기울이면 충분히 들릴 만했다.

"일평생 가마꾼 노릇을 해 왔지만 이런 적은 처음이네. 일주문 앞에 신부 가마를 둘 테니 목적지까지 그저 가마를 들고 나르기만 하면 된다니. 이 무슨⋯."

"안에 신부가 있는 건 맞지요? 무게가 영 가벼운 것 같은데."

"창문을 살짝 열어만 볼까요?"

가마 측면에 난 창이 지겸의 눈에 들어왔다. 한지문 위를 장식한 술은 물결 타는 배를 따라 조금씩 흔들렸다. 지겸은 뒤돌아 서로 눈빛을 주고받는 가마꾼들을 쏘아봤다. 그들은 지겸의 눈치를 보며 저들끼리 더 가까이 모여 앉았다. 지겸은 제 앞에 앉아 있는 노새 쪽으로 눈길을 돌렸다. 눈동자가 구슬같이 큰 노새였다.

객주에 묵으며 하역 일을 시작한 지 3일째 되는 날이었다. 지겸은 인력 사무소 직원의 제안을 하나 받았다. 두 마을 건너에 있는 명문가에서 며느리를 데려오려 하는데, 신랑이 심각한 화상으로 입원하는 바람에 신행길을 나서고 결혼식 자리에 서 줄 대역이 필요하다고 했다. 하역 일을 열흘은 해야 받을 법한 보수를 준다기에 지겸은 곧바로 수락했다. 그런데 곱씹어 볼수록 이상한 점이 한두 가지가 아니었다. 무엇보다 마을 사람들이며 상객 등 신랑 얼굴을 아는 사람들이 곳곳에 가득할 텐데 뭐 하러 이런 수고를 들인단 말인가.

영 찜찜했지만 이미 선금을 받은 터라 도중에 무를 수도 없는 일이었다. 새벽같이 약속 장소인 일주문 앞으로 나가 보니 가마 한 대가 덩그러니 놓여 있었다. 신부를 인도해 주는 친정 사람도, 신부 측 상객과 하인이나 신랑 집에서 맞이하러 온 사람도 없이. 얼마 뒤 가마꾼들이 도착해 지겸은 그들과 함께 출발했다. 그런데 가마꾼들의 이야기를 듣고 있자니 자신만 가짜 신랑인 게 아니라, 그들 또한 가짜인 것 같았다. 가마꾼들은 오직 목적지의 주소만 알고 있을 뿐 신부에 대해서도, 신부가 시집가는 집에 관해서도 아무것도 모르고 있었다. 도대체 어찌 된 영문일까. 생각에 잠겨 있는 사이 배가 항구에 닿았다.

뭍에 오른 지겸은 행렬의 맨 앞에서 노새를 몰았다. 최대한 자연스러운 체하기 위해 온 신경을 곤두세워야 했다. 가랑이에 느껴지는 불편감은 어찌저

며느리

찌 참아 볼 만했으나 노새의 갑작스런 투레질에는 도저히 적응이 되질 않았다. 그 와중에도 지겸은 뒤편에서 따라오는 가마를 가끔씩 돌아보았다. 저 안에 그의 신부가 있었다. 의뢰인이 가짜들을 이렇게나 많이 긁어모은 것은 누군가를 속여 넘기기 위한 연극이 필요하기 때문일 터였다. 속고 있는 것은 누굴까. 신부일까, 혹은 신부도 공범일까. 마을로 진입하는 산길을 넘던 중 유난히 얼굴이 하얗게 질려 가던 가마꾼이 잠시 쉬어 가자고 외쳤다.

가마꾼들은 오디나무 아래를 평평히 다져 신부 가마를 내려놓고 한숨 돌렸다. 쉼을 청했던 가마꾼은 설사가 급하기라도 했는지 어디론가 사라지고 없었다. 지겸은 가마 옆면에 등을 기대고 앉았다. 가마꾼들은 여전히 지겸과 가마를 번갈아 보며 수군거리는 중이었다. 다가가서는 우리 모두가 가짜라는 사실을 알려 줄 수도 있을 테지만 어차피 일이 끝나면 헤어질 사이, 지겸은 부러 일을 키우고 싶지 않았다. 그리고 이상하게도 가마꾼들보단 모습을 본 적도 없는 신부가 제 편처럼 느껴졌다.

6월의 매미는 유독 크게 울며 신경을 긁어 댔다. 여전히 신부 가마 안에선 아무런 인기척이 느껴지지 않았다. 정말로, 누군가 있긴 한 걸까? 지겸은 제 앞에 드리워진 가지에서 오디를 몇 개 땄다. 제

철이라 알이 크고 검었다. 가마 옆면에 난 조그마한 미닫이창을 두드렸지만 별 반응이 없었다. 지겸은 고민하다 안을 들여다보지 않으려 고개를 돌린 채로 창문을 열었다. 창문 안으로 오디를 얹은 손을 내밀었지만 응답이 없었다. 정말로 신부가 없구나 확신하려던 찰나, 작고 차가운 손이 지겸의 손을 한 번 쓸었다. 놀라서 손을 뒤로 빼자마자 창문이 닫혔다. 지겸은 푸른 오디 물이 든 손을 가만히 내려다보았다. 때마침 아까 사라졌던 가마꾼이 아까보다 더 허옇게 질린 얼굴로 바지춤을 추키며 돌아왔다. 지겸은 노새를 타고 고삐를 쥐었다. 손에 아직도 찬기가 남아 있는 듯해 괜히 노새의 목에다 손바닥을 문질렀다. 노새는 꿔어억 울었다.

마을에 들어서자 행렬을 구경하려는 사람들이 보였다. 한 아이가 "말이다!" 외치자 누군가 노새라며 핀잔을 주기도 했다. 항구 도시에선 호열자 감염을 걱정하여 다들 집 밖에 나오길 꺼려했는데, 변방까진 아직 소문이 퍼지지 않은 모양이었다. 한껏 경직되었던 척추는 노새 위의 자리에 적응해 살짝 풀어졌고, 무례할 정도로 빤히 쳐다보는 마을 사람들에게 웃어 줄 여유도 생겼다. 그런데 사람들의 반응이 어딘가 이상했다. 신랑이 마을 유지의 자식이라면 알고 지내는 사람들도 있을 것이고, 덕담을 한두 마디 던져 줄 법도 한데 모두 얼빠진 표정으로 경계하며 가만히 서 있을 뿐이었다. 그때 일고여덟 살쯤 되어 보이는 소년이 사람들 사이에서 튀어나와 행렬을 가로막고 섰다. 그러곤 지겸의 얼굴을 똑바로 보며 말했다.

"병신이 아니잖아."

소년의 누나로 보이는 여자아이가 그런 말 하면 못쓴다며 소년의 입을 틀어막곤 질질 끌고 갔다. 심증뿐이었던 의심은 곧 확신으로 번졌다. 왜 가짜 신랑이 필요했는지 그제야 짐작이 갔다.

찌는 듯한 더위에 노새의 걸음이 느려졌다. 해안 절벽을 향해 길게 이어진 언덕엔 그늘이 없었다. 날이 적당히 흐리기에 망정이지, 구름 한 점 없었다면 중간에 쉬어 가지 않고는 못 배겼으리라. 언덕을 오르다 보니 언제부터인가 저 멀리 의뢰인의 집이 보였다. 그런데 이상하게 가도 가도 집과의 거리가 좁혀지질 않아 정신이 아득해지기만 했다. 지겸은 콧잔등에 땀이 맺히는 것이 거슬려 사모가 떨어지지 않을 만큼만 고개를 푹 숙였다. 노새의 숨소리도 점점 거칠어졌다. 가마꾼들이 거의 다 왔다며 서로를 독려하는 소리가 들려 지겸은 앞을 보았다. 멀찌감치 보이는 대문 앞에서 한 여자아이가 짚불을 지키고 서 있었다. 불길 위로 피어오른 아지랑이가 일렁여 여자아이의 얼굴은 온통 뭉개져 보였다.

사람들은 새 신부가 귀신의 질투를 사기 쉽다고 믿었다. 그래서 신부의 가마는 신랑 집에 들어가기 전 불 위를 지남으로써 신부에게 붙은 귀신이며 액운을 모두 떼어 내는 과정을 거쳐야 했다. 이젠 많은 이들이 생략하는 미신적인 의식 중 하나지만 이 집안에서는 챙겨서 할 모양이었다. 그런데, 병신 소리 듣는 신랑에게 아무것도 모르고 시집가는 신부를 대체 어느 귀신이 질투한단 말인가?

가마꾼들은 가마를 안채 마당 한가운데에 내려놓았다. 마루엔 폐백례를 위한 상이 차려져 있었다. 신부는 가마에서 내려 사금이의 부축을 받으며 곧장 며느리 방으로 향했다. 서천댁은 남몰래 며느리의 얼굴을 살피려 했으나 실패했다. 숙인 얼굴이 머리 장식에 가려져 보이지 않았던 것이다. 며느리 방에 들어가 보고픈 마음이 굴뚝같았으나 일호의 눈치를 보느라 그럴 수도 없었다. 일호는 아침부터 잔뜩 화가 나 있었다. 친인척들에게 혼례 사실을 알리고 음식을 넉넉히 준비했으나 아무도 나타나지 않은 까닭이었다. 15년 동안 끊겼던 발걸음이 혼례를 알리는 서신 한 편에 움직일 리 만무했지만, 일호

며느리

는 괜한 기대를 한 듯했다. 심지어는 목 긁는 소리로 이렇게 중얼거리기까지 했다.

"재수가 없을까 봐 친의를 저버리고선 픽이나 재수가 있겠구나."

일호가 부른 가마꾼들은 줄을 서서 품삯을 받았다. 상객이 없는 것만으로도 이상한데, 친인척도 마을 사람들도 없다니. 무엇을 위한 허례허식인지 저마다 궁금증을 품었다. 그러나 마음속에 치미는 호기심을 손쉽게 억누를 만큼 오래 산 사람들은 입을 꾹 다문 채로 돌아갔다.

지겸은 가마꾼들이 사라진 뒤 안내를 받아 사랑채 누마루로 향했다. 혹시나 뒤늦게 오는 친인척들이 신랑을 찾을까 싶어 일호가 그 자리에 있게 한 것이었다. 누마루에서 쉬는 지겸에게 사금이가 저녁상을 내왔다. 국수, 세 종류의 김치, 편육, 냉채, 갈비찜, 흰떡, 식혜, 조과와 유과, 생과에다가 수박과 포도까지. 혼자 먹기엔 너무나도 많은 양이었다. 기근임에도 넉넉한 상차림에 아니꼬운 마음이 들기도 잠시, 지겸은 가장 먼저 국수를 허겁지겁 입으로 가져갔다가 도로 뱉었다. 바닷물에 끓인 것처럼 짜서 물을 한참 들이켜야 했다. 편육은 조리한지 오래되었는지 바싹 말라 나뭇조각 씹는 맛이 났고, 갈비찜에서는 이상한 약재를 넣고 끓인 것처럼 쓰고 시큼한 향이 났다. 빛깔 좋은 음식들은 보기와 달리 맛이 형편없었다. 결국 한두 젓가락씩 맛본 반찬들을 뒤로한 채 지겸은 과일로 허기를 달랬다. 그러는 동안 손님이나 집안사람들은 단 한 명도 보이지 않았다. 몸의 열이 한층 식자 그제야 주변이 눈에 들어왔다. 이 정도 크기의 집이라면 하인이 적어도 대여섯 명은 있음 직한데, 행랑채는 사람이 기거할 수 없을 정도로 부서진 상태였다. 그걸 눈치챈 순간 바람 소리가 어딘가 스산해졌고, 넓은 누마루가 더욱 적막하게 느껴졌다. 지겸은 무겁고 빳빳한 사모를 벗어 옆구리에 끼곤 직접 사람을 찾아 나서기로 했다.

안채에 가까워지니 일호와 서천댁의 말소리가 들려왔다. 둘은 지겸의 존재를 까맣게 잊은 듯 어느 시점에 손님상을 물릴지 의논하고 있었다. 일호는 혼례 사실을 알린 친척들 중 가장 먼 곳에 사는 사람이 도착하려면 꼬박 하루가 걸리니 밤까지 기다려 보자고 했으나, 서천댁은 슬그머니 수저를 치우기 시작했다. 아무도 오지 않을 게 분명하다는 것을 알면서도 일호는 마루에 앉아 하염없이 기다렸다. 지겸은 그 모습을 오랫동안 훔쳐보았다. 상이 거의 다 치워졌을 때쯤 지겸이 인기척을 내며 문간에 섰다. 그 소리를 들은 일호의 얼굴에 화색이 돌았다. 일호는 벌떡 일어나 물었다.

"손님이십니까?"
"신랑입니다."

지겸은 들고 있던 사모를 써 보이며 모습을 드러냈다. 일호는 한숨을 푹 쉬며 지겸에게 이리 오라 손짓했다.

"안녕하십니까. 지금껏 사랑에서 기다렸는데 아무도 오시질 않아 이렇게 결례를 범하게 되었습니다."
"시간이 늦었으니 이만 돌아가시지요."
"저, 그런데, 아직 일한 값을 받지 못했습니다."

일호는 주머니에 있는 돈을 모두 꺼내 건넸다. 지겸은 뒤돌아 돈을 세어 보더니 고개를 갸웃하며 말했다.

"약속했던 액수보다 모자랍니다만…."

일호는 당황했다. 지겸과 약속한 금액이 얼마인지 기억이 나질 않아 머뭇거리던 그때 서천댁이 얼른 손가락에서 반지를 하나 빼 지겸에게 내밀었다. 지겸이 손을 활짝 펴자, 서천댁은 손가락이 닿을세라 한 뼘 정도 위에서 반지를 떨어뜨리곤 일호 뒤로 물러섰다. 아까 신부에게 오디를 건네주었을 때 느졌던 것과 같은 냉기가 손에 맴돌았다. 지겸은 손집게로 반지를 들어 햇빛에 비춰 보았다. 백색 옥으로 된 반지의 값은 과연 못 받은 액수를 족히 넘길 듯했다. 지겸은 만족한 얼굴로 물러났다.

"그럼 두 분 다 안녕히 계십시오."
"잠깐만."

일호가 다가와 지겸을 이끌고 함께 중문 밖으로 나갔다.

"오늘 일을 누군가에게 발설한다면 후회하게 될 걸세. 우리 집안에서 사람을 써서 당신 하나쯤 찾아내는 것은 별로 어렵지 않으니…. 내일 날이 밝기 전 얼굴을 가리고 마을을 빠져나가게."
"저도 그쯤은 눈치껏 압니다. 없던 일로 생각하겠습니다."

대답에 만족했는지 안채로 돌아가던 일호는, 마지막으로 한 마디 덧붙였다.

"서별당 뒷문으로 안내해 드려라."

사금이가 잰걸음으로 달려왔다. 뒷문으로 가는 동안 사금이는 한 번도 지겸을 쳐다보지 않았지만, 지겸이 뒷문 밖을 나선 뒤에는 지겸의 모습이 사라질 때까지 지켜보고 있었다.

며느리

해가 넘어가고 땅거미가 질 무렵이 되자 집 안 정리가 거의 마무리되었다. 서천댁과 사금이는 손님맞이를 위해 광에서 꺼내 먼지를 닦아 낸 것들을 도로 광에 넣었다. 그동안 며느리는 예복을 입은 채 방 안에서 내내 침묵을 지켰다. 원래대로라면 며느리가 앉아 있는 방 문을 훤히 열어 두어야 했다. 잔칫상을 즐기는 손님들이 며느리를 구경할 수 있도록. 며느리는 손님들이 자신에 대해 무어라 떠들건 가만히 눈을 내리깔고, 아무도 보지 않을 때 마른 과자 한두 개를 집어 먹었을 것이다. 그런데 사정이 이렇게 되었으니 가엾기도 하지. 말도 못 하는 어린것이 밤이 되도록 아무도 찾지 않는 방 안에서 혼자 무슨 생각을 하고 있었을까. 머리엔 무거운 장식을 이고 불편한 예복을 입고서. 서천댁은 천천히 마루에 올라 며느리 방의 문을 열었다.

며느리는 오색 방석 위에 무릎을 꿇고 가만히 앉아 있었다. 긴 소맷자락은 무릎 위에 얌전히 포개어져 있었고, 숙인 고개 위로 머리 장식이 드리워져 얼굴에 그림자가 져 있었다. 작은 상에 차려진 다식이며 떡, 대추와 밤엔 손댄 흔적이 하나도 없었다. 서천댁은 며느리 앞에 무릎을 꿇고 앉아, 며느리의 턱을 감싸 쥐고 들어 올렸다.

그 맑은 눈동자를 마주한 서천댁은 당혹스러웠

다. 며느리의 이목구비는 흠잡을 데 없이 아름다웠다. 가느다란 얼굴선에선 붓으로 그린 듯한 섬세함이 느껴졌다. 어떤 종류의 아름다움은 징그럽기도 했다. 며느리의 얼굴이 바로 그랬다. 귀신 들린 그림에 그려진 여인의 얼굴같이 어딘가 오싹한 데가 있었다. 넋을 잃고 보는 이를 홀려 내 금방이라도 그림 안의 세계로 영영 데리고 갈 것만 같았다. 옛말에 아름다운 여인 하나가 나라를 망하게 한다 하였는데 이미 기울어진 지 오래인 신씨 집안은 어떻겠는가. 어떤 아름다움은 불길하기까지 했다. 서천댁은 가빠지는 호흡을 다스렸다. 그리고 최대한 안쓰럽다는 표정을 지어 보이며 며느리의 뺨을 어루만졌다. 마지막으로, 떨리는 목소리를 가다듬은 뒤 준비한 대사를 토씨 하나 틀리지 않고 읊었다.

"아가. 네가 너무 박색이라 신랑이 실망했으니, 얼굴에 복면을 쓰고 초야를 치러야겠다."

서천댁은 그 말을 들은 며느리의 표정을 보지 않기 위해 곧장 방 밖으로 나왔다. 사금이가 며느리를 부축해 부엌으로 데리고 갔다.

신부를 맞이하기 며칠 전부터 서천댁은 며느리가 영휘의 험한 꼴을 보고 기겁하진 않을까, 그 때문에 영휘가 지울 수 없는 상처를 받게 되진 않을까 염려했다. 그래서 낸 꾀가 바로 며느리에게 복면을

며느리

씌우고 초야를 보내게 하자는 것이었다. 근거 없는 걱정이 아니라 여긴 일호도 흔쾌히 승낙했다. 서천댁은 손수 복면을 지었다. 어떤 경우에도 앞이 보이지 않도록 검은 천을 두 겹 덧대어 꿰맨 뒤 목 부분을 조일 수 있게 끈을 달았다. 서천댁은 복면을 만들면서 정말로 앞이 보이지 않는지 몇 번이고 써 보았다. 한 겹을 쓰면 직물의 짜임 틈새로 눈앞의 형체가 보일락 말락 했다. 숨 쉬기가 어렵고 답답하긴 했으나 두 겹을 쓸 수밖에 없었다.

다짜고짜 복면을 씌우고 신방에 들여보내려 하면 누구라도 이상하게 여길 법했다. 그 부분에 대해선 일호가 꾀를 냈다. 신부의 외모를 문제 삼기로 한 것이다. 그러나 이토록 아름다운 얼굴은 계획에 없었다. 뻔히 보이는 거짓말을 했다는 생각에 서천댁은 방을 나와서도 얼굴이 화끈거렸다. 사금이와 며느리가 부엌 안으로 완전히 사라질 때까지 기다린 뒤, 서천댁은 아무도 입을 대지 않은 폐백주와 한 사람 몫의 육포를 들고 사당에 갔다.

며느리를 들이기로 결정했던 날처럼 보름달이 밝았다. 해수면은 잔잔했다. 서천댁은 초를 밝힌 뒤 먼지 앉은 위패며 제기들을 꼼꼼히 닦았다. 바닥 청소까지 마치니, 사당 내부는 한층 번쩍거렸다. 암굴 같은 집에서 유일하게 높고 밝고 깨끗한 곳이었다. 서천댁은 위패 앞에 육포와 술을 올린 다음 무릎을 꿇고 앉아 가족의 안녕을 빌었다. 하루빨리 며느리에게 아이가 들어서, 영휘가 적절한 치료를 받아 병마를 물리칠 수 있길. 그리고 집안의 평화와 안정이 오래도록 깨어지지 않길.

한참 뒤 서천댁은 돌계단을 조심조심 밟아 내려왔다. 처마 모서리마다 걸어 둔 등잔의 빛이 어둠이 내려앉은 집을 띄엄띄엄 비추고 있었다. 부엌 벽에 나 있는 작은 창 밖으로 더운 공기가 새어 나왔다. 서천댁은 절구통 위에 올라가 창살을 붙잡고 안을 들여다보았다.

찰싹, 하고 물소리가 들렸다.

허연 김을 내뿜는 목간통에서 목욕을 하고 있어야 할 며느리가 보이지 않았다. 약초를 넣고 데워 색이 짙은 물 위로 잘게 파문이 일었다. 일그러진 수면 아래 해초 같은 것이 살랑거렸다. 서천댁은 숨 쉬는 것도 잊고 그것의 움직임을 지켜봤다. 사금이가 갈아입을 옷가지를 들고 부엌 안으로 들어오자, 며느리가 천천히 수면 위로 모습을 드러냈다. 자유롭게 나풀거리던 머리카락은 물 밖으로 나오는 사이 어떤 마법이 깨지기라도 한 듯 초라하게 피부에 착 달라붙었다. 사금이는 며느리의 몸을 무명천으로 정성스레 닦아 주었다. 전신에 흉터 하나 없는

며느리

것으로 보아 서천댁의 걱정과는 달리 험한 일을 겪다 온 여자는 아닌 것 같았다. 사금이는 어느새 며느리의 머리를 예쁘게 빗어 넘긴 뒤 복면을 씌우고 있었다. 목에 딱 맞게 끈을 조이는 모습을 보며 서천댁은 침을 꼴깍 삼켰다. 사금이가 며느리를 일으킨 순간, 서천댁은 들킬세라 얼른 절구통 아래로 내려왔다.

부엌문이 끼익 소리를 내며 열렸다. 사금이가 먼저 문 밖으로 나와 며느리를 이끌었다. 사금이의 팔에 의지해 부엌 바깥으로 나가려던 며느리의 발은 높은 문지방에 걸렸다. 그 가느다란 발목이 기역 자로 구부러지는 것을 본 서천댁은 순간 온 신경을 곤두세웠다. 보는 사람이 다 피로워질 정도였으니 저만하면 입을 열 법했다. 그러나 말을 못 한다는 게 사실이었던지 며느리는 넘어지면서도 아주 작은 비명조차 뱉지 않았다. 그저 발목을 바로 세워 바닥을 한 번 더듬곤 다시 일어날 뿐이었다. 잠깐 절뚝거리던 걸음은 아무 일도 없었다는 듯 멀쩡해졌다. 며느리는 걷는 법을 어제 배운 사람처럼 머리와 목, 등을 모두 곧게 편 채로 걸었다. 서천댁은 열 발자국쯤 뒤에서 둘을 따라갔다.

안채를 지나 별당 후문에 접어들자 여뀌 타는 냄새가 코를 찔렀다. 별채 마루에서 일호가 영휘의 냄새를 가린답시고 여뀌를 다발째로 화로에 넣어 태우고 있었다. 일호는 사금이가 며느리를 데리고 영휘의 방 안에 들어가는 모습을 눈도 깜빡이지 않고 지켜보았다. 사금이는 주렴을 걷고 들어가선 며느리를 영휘의 발치에 앉혀 두었다. 곧 사금이가 방문을 닫았고 일호는 방문 바로 앞 마루에 걸터앉았다. 그러곤 문에 구멍 하나를 뚫었다.

"저는 먼저 들어가 보겠습니다."

일호는 인사하는 서천댁 쪽을 보는 시늉도 않고 가라며 손짓했다. 서천댁은 어렵사리 발을 떼어 별채 뒤편으로 향했다. 사금이는 일호가 일러 준 대로 잘하고 있겠지, 어릴 적부터 워낙 영특해 하나를 가르치면 열을 깨우쳤으니. 우선 영휘인 척 며느리의 옷고름을 풀고 저고리를 벗겨 내면 맨어깨가 드러날 터였다. 굳은살 잔뜩 박인 손으로 쇄골을 살살 만지면 며느리의 긴장이 조금은 풀리겠지. 그러면 겨드랑이 사이에 손을 넣어 영휘 위로 끌어다 앉히고, 그리고….

서천댁은 생각하기를 그만두었다. 곧장 안방으로 가서 잠을 청할 생각이었다. 어젯밤에는 밤을 새우다시피 했고 오늘은 하루 종일 일한 터라 금방이라도 쓰러질 듯 피곤했다. 부러 발걸음을 빨리해 영휘 방 바로 뒤편을 지나려는데, 아주 작은 소리 하나가 서천댁을 잡아끌었다. 영휘의 신음 소리였다.

단순히 아파하기만 하는 소리 같지는 않았다. 서천댁은 영휘 방 뒷문 앞에서 멈춰 허리를 굽혔다. 그러곤 손가락 끝에 침을 묻혀 창호지를 지그시 눌렀다. 종이가 젖어 들어가며 작은 구멍이 뚫렸다. 손가락을 넣어 원을 그리며 헤집자 안을 들여다볼 수 있을 만큼 구멍이 넓어졌다. 서천댁은 눈동자를 구멍에 바짝 가져다 댔다.

화촉은 이부자리의 머리맡만을 간신히 밝히고 있었다. 며느리의 등과 영휘의 얼굴이 서천댁의 시야에 들어왔다. 사금이가 어렵사리 자세를 잡아 앉혀 둔 며느리가 작게 들썩일 때마다 영휘가 신음을 흘렸다. 며느리의 손이 영휘의 가슴께를 더듬자 영휘는 더 아파했고, 사금이는 며느리의 손을 끌어다 이불 위를 짚게 해 주었다. 이내 며느리는 서천댁만큼이나 상체를 깊게 숙였다. 그로 인해 반대편의 방문이 보였다. 주렴은 양옆으로 걷혀 고정된 상태였다. 마주 보이는 방문에 서천댁이 낸 것보다 조금 더 큰 구멍이 나 있었다. 구멍 너머로 보이는 일호의 눈알은 며느리의 움직임을 따라 이리저리 구르는 중이었다. 서천댁은 며느리와 영휘의 호흡에 맞추어 참았던 숨을 내쉬고, 들이켰다. 며느리는 다시 상체를 세웠다. 그리고 마치 서천댁이 그곳에 있는 걸 봤다는 듯 뒷문 쪽으로 고개를 돌렸다. 복면을 쓰고 있어 앞을 보지 못한다는 걸 알면서도, 서천댁은 너무 놀라 중심을 잃고 나자빠졌다. 흙바닥에 뒹구는 소리가 꽤나 컸다. 방 안에서도 소리를 들은 것인지 작은 소란이 일었다. 서천댁은 곧장 일어나 안채로 도망쳤다. 다행히 뒤따라오는 이는 없었다.

*

지겸은 한밤중이 되어서야 마을 경계가 보이는 길목에 다다랐다. 늦은 시간임에도 행인들이 여럿 모여 있어 분위기가 어수선했다. 사람들 사이에선 고성이 오가기도 했다. 지겸은 가던 길을 되돌아오는 사람을 붙잡고 무슨 일인지 물어보았다. 옆 마을에서 호열자 환자로 의심되는 사람이 나와 통행이 막혔다고 했다. 과연 치안대원 둘이 사람들을 가로막고 있었다. 수레 가득 해산물을 싣고 온 상인이며, 사주단자를 전하러 가는 일행들이 각자의 사연을 호소했다. 마을 경계로부터 살짝 떨어진 곳에서 그들을 관찰하던 지겸은, 한 행인이 조용히 다른 길로 새는 모습을 지켜보았다. 지겸은 몰래 그의 뒤를 밟았다. 인적 드문 길목에 다다른 그는 멈춰서 풀숲

며느리

을 더듬는가 싶더니, 그 안으로 빨려 들어가듯 사라졌다. 그가 사라진 자리에 우거진 수풀 사이로 작게 길이 나 있었다. 지겸은 주위를 살피곤 그를 따라 어둠 속으로 몸을 던졌다.

여름 해를 보고 자란 나무들이 울창했다. 달빛 한 줄기 닿지 않으니 눈앞이 온통 깜깜했다. 손을 내저으며 한 발 한 발 내딛다 보니 숲길의 윤곽이 드러나기 시작했다. 계속 나아가다 문득 고개를 든 지겸은 떨어질 뻔한 심장을 부여잡았다. 앞서가던 행인이 길 한가운데에 가만히 서서 지겸을 보고 있었다.

"어찌 알고 따라왔는가?"
"등에 멘 망태기를 보니 삼꾼이신 것 같아, 혹시 숨겨진 길을 아시나 하여 따라왔습니다."

행인은 크게 웃었다. 누군가 그 소리를 듣고 둘을 잡으러 올까 걱정될 때쯤 웃음이 멎었다.

"눈치 하나로 어디 가서 굶어 죽진 않겠네. 이왕 이렇게 된 거 함께 가지."

행인은 길을 외고 있는 듯 지체 없이 나아갔다. 반면 지겸은 난데없이 눈앞을 가로막는 잔가지에 긁히고 쓸리길 반복했다. 안개비 때문에 땅이 점점 질퍽해졌다. 진흙 바닥엔 행인의 발자국이 선명하게 새겨졌다. 그가 귀신이 아니어서 다행이라 여기며, 지겸은 행인이 밟은 자리를 야무지게 따라 밟았다.

"말씨를 듣자 하니 외지인인 것 같은데… 이런 작은 마을엔 어쩐 일로 왔는가?"

"혼례식 때문에 왔습니다. 신씨 가문이라고 들어보셨습니까?"

행인은 모른다는 듯 고개를 갸웃했다.

"절벽 위로 올라가는 길의 맨 끝에 있는, 마을에서 가장 큰 집 말입니다. 그 집엘 다녀왔습니다."

"그래. 다들 먹을 것이 없어 굶는다고 성화던데 손님 대접은 잘 받았는가?"

"예. 배불리 먹고 나왔습니다."

행인은 뭐가 좋은지 자꾸 웃었다. 설렁설렁 걷는 것 같은데도 방심하면 한순간에 간격이 벌어져 지겸은 거의 뛰듯이 걸어야 했다. 이대로라면 그를 놓칠지도 모르겠다고 생각할 때쯤 시야가 확 트였다. 어느새 정상 부근이었다.

"… 잠시 쉬었다 가지 않겠나?"

둘은 가지를 넓게 뻗은 소나무 아래의 평평한 바위 위로 기어올라 갔다. 동북쪽으로 시원하게 펼쳐진 논밭 위로 아침 해가 떠오를 기미가 보였다.

"자네, 호열자가 어디서 왔는지 아는가?"

며느리

"만주 땅에서 송환선을 타고 왔다 들었습니다. 호열자 전염 때문에 중국 공산당에서 국경을 막고 조선인들의 송환을 잠정 중단했다더군요."
"호열자에 걸린 사람을 본 적은 있고?"
"아직 없습니다. 열에 여섯은 죽는 병이라 들었는데 이런 곳에는 병원도 없고, 방역 인력도 오질 않으니…. 통행을 막는 것밖엔 할 수 있는 게 없나 봅니다."
"자넨 날 만났으니 참 운이 좋아."
"감사할 따름입니다. 그런데,"

지겸은 행인의 표정을 살폈다. 이런 종류의 질문을 꺼내기 전엔 늘 주의를 기울여야 했다.

"이 지역을 주로 다니십니까?"
"그렇지. 암만 어두운 산길이라도 내 손바닥 보듯 훤하지."
"근방 정세에 대해선 잘 알고 계십니까?"
"정세라 함은 어떤 걸 얘기하는지?"
"위쪽에선 공산주의 진영이 득세한다고 들었습니다."
"나는 그런 것은 잘 모르네. 그저 많은 사람들이 기존의 질서를 유지하고 싶어 한다 들었을 뿐. 세상이 어떻게 바뀌든 난 약초 캐다 팔 수만 있으면 그만이야. 왜놈들이 물러갔으니 이제 무서울 것도 없고."

"하긴, 귀신과 도깨비 그리고 호랑이와 표범 같은 것들도 전부 사라져 가고 있지 않습니까. 옛날이었음 이런 산속엔 무서워서 못 들어왔겠지요."

순간 행인의 표정이 변했다. 그는 한껏 목소리를 낮추며 물어 왔다.

"자네, 귀신과 도깨비가 왜 사라졌는지 알고 있는가?"

"어째서인가요?"

"원래 낮과 밤을 가르는 것은 빛이네. 빛이 있는 낮은 인간의 세상, 밤은 삿된 것들의 세상이었지. 그래서 한낮에도 빛이 잘 안 드는 깊은 산속에선 도깨비에게 홀리는 일이 생기기도 했던 거고. 그런데 이제는 큰 도시에 가면 밤에도 빛이 훤하지 않은가. 균형이 무너진 거지."

"그럼 삿된 것들은 어떻게 되는 겁니까?"

"이런 빛 안 드는 산속이나, 변방의 바다로 몰려들 테고…."

지겸은 괜히 으스스해져 어깨를 살짝 움츠렸다. 행인이 그 모습을 보고 미소 지었다.

"언젠간 두 세계가 완전히 분리될지도 모르지."

한참 이야기를 나누다 보니 지평선 위로 해가 떠

며느리

올랐다. 한바탕 가는 빗줄기가 지나간 뒤 밀려온 새벽 공기가 쾌청했다. 행인은 들판 건너에 있는 산을 마대로 가리켰다.

"나는 이제 저쪽으로 가려 하는데, 자네는 어디로 가는가?"
"먼저 내려가십시오. 저는 좀 더 앉아 있다 가겠습니다."

행인은 나타났을 때처럼 홀연히 사라졌다. 지겸은 그가 들려준 이야기를 가만히 곱씹었다. 도시에서는 상상도 할 수 없는 일들이 변방에선 여전히 일어나고 있었다. 당장 어제 지겸이 겪은 일도 괴상야릇하기로는 신문에 실리는 괴담에 뒤지지 않았다. 몰락한 양반집이 병신이라 소문난 아들을 숨기고, 신랑 대역을 세워 신부를 데려오다니. 그것도 어디에서 왔는지 모를 신부를 말이다. 산 중턱에 홀로 앉아 있다 보니 생각이 깊어져만 갔다.

지겸은 단 한 번뿐이었던 신부와의 접촉을 떠올렸다. 오디를 쓸어 가던 차디찬 손바닥. 안주인에게서 받았던 반지에도 그와 비슷한 한기가 서려 있었다. 신씨 가문의 집에서는 진작 빠져나왔는데도 마음은 여전히 그곳에 있는 듯했다. 짚불을 지키던 소녀의 달아오른 뺨과 고삐를 건네받던 핏줄 오른 손등도, 혼례를 관장하던 남자의 냉엄한 얼굴도 왜인지 다시 한번 보고 싶었다. 그리고 알고 싶었다. 신씨 가문의 집에서 지겸이 마주하지 못한 유일한 사람, 진짜 신랑의 정체를.

*

두 팔과 두 다리를 가진 사람 여자아이들은 흰 물적삼을 입고 망사리를 멘 채 얕은 물속을 떠돈다. 나는 잘피 사이에 숨어 오래도록 그 애들을 지켜본다. 얼굴에 주름이 가득한 아이, 머리가 희끗하게 세어버린 아이, 아직 팔다리가 짧고 통통한 아이, 숨을 참는 것이 익숙하지 않아 얼굴이 발그레해진 아이, 깡말라서 무릎뼈가 툭 불거져 나온 아이. 그중 유난히 눈길이 가는 아이가 있다. 나이가 좀 찼을 때 물질을 배우기 시작한 모양인지 아직 팔다리를 자유롭게 가누지 못한다. 더 가까이서 보고 싶은 마음에, 나는 매일 밤 커다란 전복이나 보말을 아이가 자주 오는 곳 바위틈에 숨겨 놓는다. 많이 준비해두면 그걸 다 챙긴 아이가 물 밑으로 가라앉을지도 모르니 하루에 딱 한 개씩만 둔다. 그 미물들에겐 미안한 일이지만, 아이가 내 선물을 발견하고 웃는 표정이 좋다. 아이가 물속에서 숨을 뱉으며 웃으면

며느리

개오지 같은 눈이 휘고 진주 같은 방울들이 입에서 쏟아져 나온다. 아이는 망사리 맨 아래에 내 선물을 숨긴다. 우리만의 비밀이다.

오늘은 아이가 따개비에 긁혀 살이 찢어졌는지 급하게 혼자서 뭍으로 나간다. 나는 조심스레 움직여 따라가 보기로 한다. 아이는 바위에 걸터앉아 피가 나는 부위를 연신 물에 담갔다 뺀다. 나는 바위의 색과 질감을 흉내 내곤 아주 천천히 움직인다. 물속에서 봤을 때와 달리 아이의 피부는 핏기가 돌아 붉다. 눈동자는 모시조개보다 검고, 코는 배말을 엎어 놓은 듯 작고 오뚝하다. 피가 멎자 아이는 물속으로 헤엄쳐 들어간다. 빠르게 잠수할 때면 물적삼이 뒤집어져 하얗고 말랑한 배가 드러난다. 상괭이의 것과 비슷한 허리는 헤엄칠 때마다 펄떡이며 움직인다.

아이들은 한참이나 뭍과 물 사이를 오가다 해가 바다 끝에 걸릴 때쯤 뭍으로 나간다. 나는 밤이 되면 게 사냥을 나가야 하니 한 숨 자고 일어날 참이다. 머리 위로 까치상어 한 마리가 활공하듯 지나간다. 나는 몸을 한껏 움츠렸다가 넓게 펴며 솟아오른다. 수면 위에 뜬 채로 하늘을 보며 눈으로 별 사이를 잇던 중, 무언가에 머리를 세게 부딪힌다. 늙은 바다거북인가? 아니면 아이들이 두고 간 두렁박일

까? 파도를 타고 다른 쪽으로 가려는데, 한 번 더 부딪힌다.

 두부에 가해지는 강한 충격을 느낌과 동시에 서천댁은 꿈에서 깼다. 이마를 어루만지며 뒤로 한 발짝 물러나니 집의 대문이 보였다. 정신이 멍한 상태로 서천댁은 빗장을 어루만졌다. 잠들어 있던 자신이 어째서 대문 앞에 서 있는지 알 수 없었다. 빗장이 단단히 걸려 있지 않았다면 몇 발자국 더 나갔다가 절벽 아래로 떨어졌을 것이다. 날 선 암초에 머리를 부딪혀 영문도 모르고 즉사해 물귀신이 되었을 수도 있다 생각하니 소름이 쭉 끼치면서 정신이 확 들었다. 방금 꾼 꿈의 내용을 기억한다는 사실이 새삼 생경하게 다가왔다. 꿈을 꾸고 일어나면 매번, 그립거나 울컥하는 뜻모를 감정만 남아 있을 뿐 꿈의 내용에 대한 기억은 씻은 듯이 사라지고 없었다. 지난 15년 동안은 항상 그랬다. 그런데 오랜만에 기억해 낸 어젯밤의 꿈이 서천댁의 육체를 죽음으로 몰고 가려 했으니, 실로 이상한 일이었다.

 몽유병은 서천댁의 고질병이었다. 정작 본인은 기억하지 못했지만, 15년 전에는 옆 마을에 따로 살았던 일호까지 알고 있을 만큼 집안 사람들 사이에선 익히 알려져 있었다고 했다. 잠든 사이 마구 돌아다니며 각종 소동을 일으키곤 다음 날이면 자신이 한 일을 기억하지 못하는 탓에, 서천댁이 귀신 들렸다 여긴 사람들이 서천댁의 방문을 바깥에서 잠가 두었다고 일호는 말했다. 문단속을 할 인력이 사라져 버린 뒤, 서천댁은 일호의 지시로 매일 밤 자기 전 장롱 문고리에 맨 천을 발목에 단단히 묶는 습관을 들였다. 그런데 어젯밤에는 쫓기듯이 방에 돌아와 숨느라 깜빡 잊어버렸던 것이다.

서천댁은 천천히 걸어 안채로 돌아왔다. 방문은 활짝 열려 있었다. 아무렇게나 벗어 둔 신이 마당에 뒹굴고 있었다. 신 두 짝을 주워 댓돌에 올려 두려던 서천댁은 가장자리에 놓여 있는 빨간 신을 보고 잠시 멈칫했다. 며느리가 신고 온 것이었다. 서천댁은 그제야 자신의 방과 마주 보는 건넌방에 며느리의 방을 마련했다는 사실을 떠올렸다. 어젯밤 사금이가 초야를 치른 며느리를 이 방으로 데려와 복면을 벗기고 재워 두었을 것이었다.

며느리 방에선 아무런 인기척이 없었다. 어제 먼 길을 온 데다 초야까지 치렀으니 세상 모르고 자고 있을 게 뻔했다. 서천댁은 문을 열어 며느리의 모습을 확인하고 싶었다. 혹시나 뱀처럼 똬리를 틀거나 여우처럼 웅크리고 있지는 않을까. 꼬리나 뿔이 돋아나 있진 않을까. 서천댁은 호기심을 간신히 억누르고 제 방으로 돌아갔다. 거울을 보니 머리가 잔뜩 헝클어지고 옷매무새가 흐트러져 마치 무덤에서 기어 나온 귀신 꼴 같았다. 매무새를 가다듬으니 얼마 안 가 해가 뜨기 시작했다. 사금이가 조반상을 차려 서천댁을 찾았다. 상객들을 대접하지 못해 남은 반찬들이 상 위에 가득했다.

"어젯밤엔 네가 고생했다."
"아니에요. 중간에 일이 있어서 제대로 끝마치지도 못하구…."
"무슨 일?"
"어제 화촉이 넘어져 이불에 불이 붙었거든요. 때마침 천장 구석이 무너지면서 그저께 비가 왔을 때 고인 물이 터져 나와 불을 껐습니다. 널빤지 하나가 썩어서 그렇게 된 것인데 바꿔 끼웠으니 이젠 안전할 거예요."
"영휘는? 영휘는 괜찮아? 아니다, 내가 지금 이럴 게 아니라…."

서천댁은 밥 한 술 뜨지 않고 별당으로 부리나케 달려갔다. 주렴을 헤치고 영휘 방에 얼굴을 들이민 순간 서천댁은 당황을 금치 못했다. 전에 없이 방긋방긋 웃는 영휘의 얼굴을 마주한 것이었다. 늘상 회색빛으로 축 늘어져 있던 피부엔 붉은 혈색이 돌았다. 팔다리는 평소보다 오동통해 보였다. 반점의 색은 더욱더 뚜렷해져 있었다. 느릿하던 숨소리는 한껏 빨라진 상태였다. 숨을 들이마시고 내쉴 때마다 가슴이 반 뼘씩 오르내렸다.

*

에스더는 내내 초조했다. 원장에게 온 전보지를 엿본 비서가 일전에 귀띔해 준 탓이었다. 신씨 가문에서 정말로, 혼례를 치르게 되었다고 말이다. 비서는 원장이 딱 잘라 혼례식에 가지 않겠다고 말했다는 이야기도 전했다.

그간 원장도 신씨 가문의 사연이 궁금하긴 했던지, 왕진을 다녀온 에스더에게 대면으로 보고를 올리라고 일렀다. 에스더는 그들이 영휘를 숨겨 두고 제대로 보여 주지 않았다고만 말했다. 회색 피부나 보랏빛 반점, 비릿한 냄새 같은 기이한 증상에 대한 이야기는 일절 하지 않았다. 원장은 에스더의 이야기를 듣고 혀를 찼다. 원래 양반집에선 남부끄러운 아이가 태어나면 가둬서 키우기도 한다며, 아마 아들이 흉측한 외양을 가지고 있어 숨겨 키웠을 것이라고 추측했다. 차라리 평범한 집안에서 태어났다면 좀 모자라더라도 사람 구실을 하며 살 수 있었을 거라고 안타까워하기도 했다. 그러는 동안 원장이 손으로 잡고 있던 이름 모를 해면동물 하나가 약액에 담겨 굳어 갔다.

신씨 가문의 집에 다녀온 이후 에스더는 매일 밤 다시 그곳을 찾는 꿈을 꿨다. 꿈에서 에스더는 익숙하게 대문을 열고 별당 문지방을 넘었다. 그러면 꿈인 것이 믿기지 않을 만큼 생생한 여뀌 타는 냄새가 매캐하게 코를 찔러 왔다. 신을 벗고 마루에 올라가 주렴을 걷고 방 안으로 들어갔으나 기대했던 영휘의 모습은 보이지 않았다. 그저 칠흑 같은 어둠뿐이었다. 에스더는 직접 본 만큼만 상상할 수 있었다. 아는 부분이나마 실감 나게 재현되는 꿈을 계속해서 꾸었기에 혼례 소식을 들었을 때쯤엔 이미 수십 번은 그 집에 다녀온 듯한 기분이었다. 바쁘게 일을 하는 낮 동안에도 에스더의 정신은 신씨 가문의 집 안을 맴돌았고, 전에 없이 실수가 잦아졌다. 에스더는 밤마다 잠을 얕게 자는지 잠꼬대를 했다. 간호부장은 자기 전에 성경을 읽으라고 조언하며 이렇게 말했다. 네가 어떤 마음으로 이곳에 왔는지를 되새겨 봐.

다시금 왕진 요청이 왔다는 소식을 전하며, 원장은 굳이 가지 않아도 된다는 말을 덧붙였다. 에스더는 반드시 가겠다고 답했다. 혹시나 원장이 나서서 거절할까 우려되어, 두 번 세 번 다짐을 받듯 말해 두었다.

결혼식 다음 날은 하늘이 맑게 갰다. 그저께 내린 빗물이 아직 바닥에 고여 있는데 너무 섣불리 출발했던 것인지 육지로 난 길의 중간중간에 웅덩이들이 있었다. 그렇다고 멈출 순 없었기에 물이 튀고 발이 젖어도 에스더는 계속 달렸다.

한낮에 본 신씨 가문의 집은 무서운 느낌이 덜했다. 혼례를 위해 애썼는지 무너지고 삭은 부분들이 많이 고쳐져 있었다. 사금이는 에스더를 서둘러 별당으로 안내했다. 안내가 필요 없었지만 에스더는 말없이 뒤따랐다. 상상 속에서 수도 없이 방문했던 별당에 들어서자 축축한 공기가 온몸을 덮쳤다. 초봄이었던 지난번 방문 때는 없었던 여름의 습기까지 더해져 물고기도 이곳에서는 편히 기어다닐 수 있을 것만 같았다. 사금이가 큰 소리로 에스더가 왔음을 알렸고 서천댁이 방에서 나와 인사를 했다.

"애가 평소와 많이 달라 보이는데 왜 그럴까요? 어젯밤 초야를 치를 때 천장에서 물이 쏟아진 것 말고는 별다른 일이 없었다고 합니다."

영휘의 방은 서북쪽으로 문이 난 데다 문 앞에 주렴이 드리워져 있고 방 위쪽의 처마까지 길어 한낮에도 빛이 거의 닿지 않았다. 그런데 서천댁이 나올 때 흔들리던 주렴 사이로 가느다란 빛이 방 안에 닿았다. 에스더는 무심결에 방 안을 쳐다보았다. 그리고 분명하게 빛을 반사해 내던 영휘의 눈과 마주쳤다. 흐릿하지만 기운을 잃지 않은 눈빛이었다. 서천댁은 에스더가 무얼 봤는지도 모르는 채 영휘의 팔 한쪽을 끄집어내며 진찰을 재촉했다. 에스더는 흥분되는 마음을 진정시키며 말했다.

"왜 달라졌는지 저도 잘은 모르겠습니다. 지난번에 왔을 땐 봄이었으니, 겨울을 지내는 동안 몸이 많이 나빠진 상태였을 수도 있겠네요. 지금은 여름이라 한층 습해져서 상태가 좋아진 걸 수도 있구요."

말하고 나서 생각해 보니 지난번에 왔을 때도 별당은 유독 습했다. 아마 겨울에도 물속 같은 텁텁한 습기는 그대로였을 것이다. 계절 때문일 리가 없다.

"초야를 치를 때 특별히 아파하거나 그런 기색은 없었나요?"

"제대로 치러 보지도 못했는데 일이 생겨서…."

서천댁은 마당 구석에 쌓아 둔 썩은 목재를 가리켰다. 에스더는 심각한 표정으로 고개를 끄덕였다.

"점점 더 더워질 테니 땀띠와 욕창의 예방을 위하여 접히는 부위를 펴 주고, 주기적으로 몸을

며느리

뒤집어 주시면 좋겠습니다. 물론 자세한 것은 말씀드렸다시피 제가 직접 확인해 보아야 알 수 있습니다."

에스더는 그 말을 하며 서천댁의 눈을 보았다. 서천댁은 시선을 피하며 핑계를 댔다.

"당숙 어른의 허락 없이 제가 결정할 수 있는 일이 아닙니다."

그사이 일호가 별당으로 걸어 들어와 에스더와 인사를 나눴다. 둘은 중문간에 서서 이야기를 나누었다. 서천댁은 마루에 앉아 영휘만 하염없이 들여다보았다. 영휘는 서천댁의 속도 모르고 입을 살짝 벌려 소리 없이 웃었다. 이야기가 끝나자 일호는 서천댁에게 에스더의 안내를 맡기고 사랑으로 떠났다. 이제 며느리를 검진할 차례였다.

안채로 가는 사이 서천댁은 온갖 염려를 늘어놓았다. 뱃사람들에게서 매독이 옮았으면 어쩌죠? 아무 음식이나 주워 먹고 다녔다면? 호열자는 또 어떻고요? 에스더는 온갖 최악의 가능성을 상상하는 서천댁에게 아무 일도 없을 거라며 어색하게 위로하곤 며느리의 방 안으로 들어갔다. 서천댁이 방 바깥에 선 채로 안절부절못하는 것을 본 에스더는 조심스레 방문을 닫았다.

서천댁이 제 방으로 돌아갈 때까지 기다리는 동안 며느리는 방 한구석에 무릎을 꿇고 가만히 앉아 있었다. "안녕하세요." 에스더는 왕진 가방을 내려놓으며 며느리의 모습을 살폈다. "왕진 나온 간호사 최에스더입니다." 딸깍이며 가방을 펼치는 소리가 나자 그제야 며느리가 고개를 들었다. 에스더는 잠깐 심장이 멎는 듯했지만 내색하지 않았다. 병원에서 일하며 가장 제대로 익힌 것 중 하나는 충격적인 외형을 보고도 침착한 표정을 유지하는 법이었다.

"이쪽으로 좀 오시죠."

에스더는 그렇게 말하며 자신 앞에 방석 하나를 끌어다 놓았다. 며느리는 몸을 일으키지 않고 앉은 채로 스르륵 움직여 에스더의 앞으로 다가왔다. 창문을 통해 비친 햇살이 며느리의 얼굴에 그대로 닿았다. 뺨을 덮은 새하얀 솜털이 빛을 받아 살짝 빛났고, 새까만 눈동자는 맑고 투명했다. 어느 시대 어느 장소에 있든 이목을 끌 법한 외모였다. 에스더는 신씨 가문이 며느리를 들였다는 이야길 듣고 그 며느리에게 깊은 연민을 느끼며 이곳에 왔다. 그러나 지금은, 이런 얼굴을 가진 여자에게는 사람들과 왕래하지 않고 지낼 수 있는 대갓집 며느리라는 위치가 알맞을지도 모른다는 생각이 들었다. 남편이 멀쩡한 사람이기만 하다면 말이다.

에스더는 장갑을 낀 뒤, 가방에서 확대경을 집어 올렸다. 표정과 몸짓은 가다듬었지만 떨리는 목소리마저 감출 순 없었다. 에스더는 가느다란 피리 소리 같은 음성으로 물었다.

"입 좀 벌려 보시겠어요?"

며느리가 작게 입을 벌렸다. 새빨간 입안은 한마디로 밋밋했다. 입천장의 굴곡도 혀의 돌기도 없이 매끈했다. 구강외과 전문이 아니기에 정확한 진단을 내릴 순 없었지만 명백히 이상했다. 에스더는 며느리의 혀뿌리와 목젖 너머를 살펴보았다. 후천적 언어 장애는 주로 혀나 성대의 손상에 의해 발생한다. 그러나 어느 곳에도 외상의 흔적은 없었다. 오히려 혀에는 혓바늘 하나 없었고, 목구멍 또한 붓거나 염증이 있는 곳 없이 깨끗했다. 일호의 말대로 며느리가 사고를 당한 이후 말을 못 하게 되었다면 정신적 충격에 따른 함구증일 것인데, 그렇다면 귀에는 이상이 없을 테니 들을 수는 있어야 했다. 하지만 며느리는 에스더의 말에 뚜렷한 반응을 하지 않았다. 그저 모든 것을 이해한다는 듯한 눈빛으로 에스더를 물끄러미 바라볼 뿐이었다. 에스더는 그 눈빛에 정신이 팔려 몇 초쯤 멍하니 며느리의 얼굴을 보고 있다가, 불쑥 크게 소리를 질렀다. 며느리는 의아하다는 얼굴로 에스더의 얼굴을 보았을 뿐 별다른 반응을 하지 않았다. 말을 못 하는 원인에 대해서도, 청력에 대해서도 제대로 파악할 수가 없었다.

에스더는 몇 가지를 더 점검한 뒤 방 밖으로 나왔다. 서천댁은 방문을 활짝 열어 둔 채로 자수를 놓고 있었다. 마루를 사이에 두고 며느리 방과 시어머니 방이 마주 보고 있는 구조라니, 이 얼마나 부담스러운가. 서천댁이 에스더를 배웅하기 위해 일어났다. 괜찮다며 사양하고 신발을 신으려는데, 안채 중문에서 기다리고 있던 일호가 눈에 들어왔다. 지난번과 마찬가지로 에스더는 이 넓은 집의 모두가 자신의 동태를 의식하고 있는 듯해 불편했다. 서천댁이 바쁘게 뒤에 따라붙어 물었다.

"어떻던가요?"

"염려하실 필요 없습니다."

"다행입니다."

중문을 지나자 일호도 함께 걷기 시작했다. 그 또한 진찰 결과를 궁금해했다.

"말을 못 하는 이유가 무엇이던가요?"

"외상은 전혀 없고요, 강한 정서적 충격 때문에 말하는 법을 잊어버린 것으로 보입니다."

며느리

"그러면 다시 말하게 될 수도 있단 건가요?"

서천댁이 끼어들어 질문했다.

"가능성은 있지요."

서천댁은 잠시 생각에 잠긴 듯 보였다.

"강한 충격을 받으면 잃어버린 기억이 돌아올 수도 있나요?"

"예, 그렇죠. 시간이 지나 과거와 비슷한 경험을 하게 되면 부분적으로 돌아올 수도 있고요. 최면을 통해 기억을 되살리는 사람들도 있다고 들었습니다."

"나도 들은 적이 있습니다. 최면을 통해 과거의 기억을 되살리다가, 태어나기 이전으로 가면 전생을 알 수 있다고 하더군요."

일호가 거들었다.

"예. 그런데 그 최면이란 것에는 결국 사람의 상상이 섞일 수도 있는지라 전부 현실이라 보기엔 무리가 있습니다. 밤에 꾸는 꿈과 닮은 셈이지요. 현실에서 일어나는 일과 비슷하지만, 자세히 살펴보면 다른 점이 한두 가지가 아니잖아요?"

서천댁이 최면과 꿈 이야기를 곱씹어 보는 동안 일호와 에스더는 마저 대화를 나누며 앞서갔다. 얼마 뒤 셋은 대문 앞에 도착했다. 자전거에 오른 에스더가 떠나자, 일호는 한시름 덜었다는 듯 서천댁을 바라보았다. 둘은 나란히 서서 금세 멀어져 점처럼 작아지는 에스더를 보았다.

"며느리가, 질부와 많이 닮았더군요."

"그런가요?"

"흔히들 시어머니와 며느리가 닮으면 잘 산다고 하지요."

서천댁은 일호의 말이 께름칙했다. 어젯밤 꿈 이야기를 꺼낼까 싶었지만 입을 꾹 다물었다. 다시 집 안으로 들어가려는데 해안 절벽 아래에서 조그마한 어선 한 척이 거대한 함선에 매인 채 끌려가는 것이 눈에 띄었다. 신씨 가문의 집 아래쪽의 바다는 조수 간만의 차가 크고 조류가 매우 빠르며 뾰족한 암초가 가득해 배가 오가지 않는 곳이었다. 그런데도 검고 큰 함선은 그곳을 유유히 지나갔다. 일호는 그 배를 가리키며 미군 배라고 했다.

*

일호는 서천댁을 집 안으로 들여보낸 뒤 마을로 내려갔다. 최근 들어 혼례를 준비하느라 바빠 신문을 사 읽지도, 사람들과 이야기를 나누지도 못해 세상

며느리

이 어떻게 돌아가고 있는지 통 알 수가 없었다. 호열자 때문에 모두가 먹고살기 어려워진 시기에, 생업을 위해 띄운 배를 끌고 가다니 대체 왜 그런 짓을 한단 말인가. 일호는 큰길을 지나는 동안 몇몇 집 대문에 금줄이 쳐진 것을 볼 수 있었다. 아픈 사람이 있으니 함부로 드나들지 말라는 뜻이었다. 마을 어귀에선 치안대가 식량을 배급하고 있었다. 양이 턱없이 부족한지 길게 늘어선 줄엔 전운에 가까운 기운이 감돌았다. 아내가 며칠 전 아기를 낳았으니 식량을 더 달라는 누군가의 외침을 시작으로 곳곳에서 원성이 터져 나왔다. 치안대원은 입을 다물라고 위협적으로 외쳤다. 일호는 멀리서 그 모습을 지켜보다 조용히 길가의 어두운 구석으로 숨어들었다. 그러곤 장미가 그려진 담뱃갑을 꺼냈다. 얼마 뒤 배급이 끝나자 치안대원은 앞주머니에서 구겨진 종이 한 장을 펼쳤다. 그는 종이에 쓰인 글을 큰 소리로 읽었다.

"겁내지 말고 다음과 같이 호열자를 방지하자. 파리를 죽이자. 파리채와 파리약으로. 음식물은 반드시 뚜껑을 덮어 파리가 없는 장소에 보관하자. 소독하지 않은 물은 반드시 끓여 먹자. 음식 먹기 전과 대변 본 뒤에는 반드시 손을 씻자. 난데없는 살인자가 되지 말고, 제각기 방역 규칙을 지켜 동족에게 균을 전염시키지 말자. 이웃이나 가족 중에 설사하고 토하는 사람이 있으면 주저치 말고 당국에 신고하자. 호열자는 결국 부주의한 사람에게만 전파된다."

낭독을 끝낸 치안대원은 종이를 꼬깃꼬깃 접어 주머니에 넣었다.

"여기까지가 미군에서 내려온 지침입니다. 다들 알다시피 호열자는 송환선을 타고 목포로 와서 퍼지고 있습니다. 당분간 송환이 막힌 지금, 어촌 마을에서 어선으로 밀수를 하던 사람들이 불법으로 송환자들을 데려온다는 정황이 보고되었다고 하니, 출항 금지를 전체의 안전을 위한 합당한 조치로 받아들여 따라 주시길 바랍니다."

그 말을 듣고 웅성거리던 마을 사람들은 강제로 해산되었다.

담배를 절반쯤 태웠을 때 누군가 일호의 눈에 띄었다. 모자를 써서 얼굴이 잘 보이지 않는 남자였다. 옹달진 곳만 거닐며 얼굴을 숨기던 남자는 자전거를 타고 가던 소년을 멈춰 세워 대화를 나눴다. 소년은 교복 윗도리에 평상복 바지라는 이상한 차림을 하고 있었다. 얼마 뒤 남자는 경계하며 주위를 둘러

며느리

보았다. 한순간 스쳤을 뿐이지만 일호는 그 얼굴을 한눈에 알아보았다. 신랑 대역을 섰던 지겸이었다. 일호는 곧장 담배를 발로 비벼 끄곤 그의 뒤를 밟으려 나섰다. 그러나 길목을 돌자마자 배급을 받고 집으로 돌아가던 마을 사람들과 마주치고 말았다.

"신 선생이십니까?"

"신 선생님! 아이고, 어쩐 일로 여기까지 오셨답니까. 호열자 환자들이 밀항선을 타고 온다며 미군이 배를 못 띄우게 싹 막았습니다. 장터 가는 길이 막혔으니 잡은 걸 내다 팔 수도 없고…."

사람들은 사방에서 밀물처럼 들이닥쳤다. 배급 받은 곡물을 보여 주며 일호의 옷깃을 잡고 호소하기도 했다.

"열 홉도 안 되어 보이는 걸 누구 코에 붙인답니까? 선생네 집안 아드님이 최근 혼인하셨다는 소식은 들었지만, 여유가 있으시다면 좀 도와주시면 안 되겠습니까?"

"선생님께 가르침 받았던 복남입니다. 자식이 많이 아픕니다. 호열자는 아닐 것인데 영 불안해서 집 안에만 있습니다. 선생님, 저희 인연을 보아서라도…."

신 씨네 집안 땅을 소작 주었던 사람, 과거 훈장

노릇을 하던 시절 가르쳤던 사람까지 몰려들어 저마다 얽힌 인연과 사연을 풀어놓는 바람에 일호는 정신이 없었다. 일호가 대답을 미루는 사이 애원은 점차 폭력적인 요구로 변해 갔다. 위협적으로 다가오는 사람들 때문에 뒷걸음질 치던 일호가 발이 꼬여 넘어지려는 찰나, 누군가 뒤에서 등을 단단히 받쳐 주었다. 그러곤 불쑥 얼굴을 내밀었다.

"안녕하십니까."
"아이고, 이게 누군가. 새신랑 아니우."
"그동안 본 적이 없어 몰랐는데 참 잘생겨서 놀랐습니다."

지겸을 알아본 마을 사람들이 그에게 말을 건넸다. 지겸은 간신히 중심을 잡아 벽을 짚고 선 일호 앞으로 나섰다. 넓은 등이 일호와 사람들 사이를 가로막았다.

"그간 어머니께서 공부에 집중하라며 내려오는 걸 허락 않으셔서요. 그나저나, 저희도 혼례를 치르며 많이 무리하였습니다. 상객들께도 넉넉히 대접해 드리지 못하였구요. 더군다나 아내가 벌써부터 태기를 보여 무턱대고 곳간을 비울 수가 없는 형편입니다."
"벌써부터 태기를? 신씨 집안에는 자식이 귀한데 참 경사일세."

며느리

"조금만 기다려 주신다면 수확 철을 맞기 전에 또 기회가 오지 않겠습니까?"

가짜 신랑이 웃는 낯으로 사근사근 이야기하자 사람들의 태도는 금세 호의적으로 변했다. 일호는 그 모습을 보며 한시름 놓았다. 다들 납득하고 돌아가려던 무렵, 인파 끝에 있던 한 남자가 안쪽으로 비집고 들어와 외쳤다.

"제 처도 당신 처와 같이 임신을 했지만 쫄쫄 굶고 있습니다. 어디 한번 말씀해 보십시오. 생명에 귀천이 있습니까?"

지겸은 남자의 눈빛에 담긴 열기를 마주하고는 순간 당황했다. 마을 사람들이 지겸을 대신해 나서 주었다.

"자네 처가 밤새 구토하는 소리를 내가 들었는데 어딜 싸돌아다니는가!"
"입덧을 한 것이지 호열자에 걸린 게 아닙니다!"
"대문에 새끼줄 치고 집 안에만 있게!"

일호는 지겸을 이끌고 그 자리를 빠져나갔다. 마을 사람들도 울분을 토하는 남자를 내버려둔 채 하나둘 떠나는 분위기였다. 남자는 침을 튀겨 가며 외쳤다.

"우리 다 조심하면서 살지 않았습니까! 근래에

우리 마을에 찾아온 외지인은 저치랑 새 신부뿐인데!"

그 말은 일호의 머릿속에서 오래도록 메아리쳤다. 아무도 남자의 말에 귀 기울이는 기색을 보이지 않았으나, 그의 말을 들었을 것이 분명했다. 다들 집에 가서 그가 한 말을 곱씹어 볼 터였다. 일호는 바로 그 점이 신경 쓰였다. 한참을 걸어 가짜 신랑과 단둘만 남게 되자 일호는 짐짓 엄한 표정을 지어 보이며 말했다.

"어제 마을을 빠져나가기로 약속하지 않았소?"
"호열자 때문에 마을 경계의 통행이 막혀 빠져나가지 못했습니다. 상황을 보면서 숨어 지내다 통제가 풀리면 바로 떠나겠습니다."
"아까 학생과는 무슨 얘기를 했고?"
"교복을 입고 있길래 학교에 가냐고 물어보았더니, 얼마 전 휴교령이 내려져 부모님 심부름을 가고 있었다는군요. 입을 옷이 교복 포함 몇 벌 되지 않아 교복을 입은 것이라고 합니다. 학교에 다니는 걸 보면 이 마을에선 수재일 텐데 참 안쓰럽습니다."

지겸은 이미 사람들에게 신씨 가문의 아들로 알려져 있었다. 거리를 돌아다니다 사람들의 눈에 띄어 왜 마을을 떠나려 하냐는 질문이라도 받으면 그

땐 뭐라고 할 셈인가. 어차피 답은 하나뿐이었다.

"이왕 이렇게 된 거 우리 집으로 가서 술이나 한 잔 하세."

*

소반에 차려진 마른안주와 단술이 오늘따라 먹음직스러워 보였다. 일호는 이 집에 들어온 이후로 누군가와 술잔을 기울인 적이 손에 꼽도록 적었다. 오랜만에 마음 편히 대작할 사람을 만나 신났는지, 금세 얼굴이 붉어지고 목소리가 커졌다. 일호는 지겸의 눈치는 보지도 않고 살아온 이야기를 줄줄 풀어놓기 시작했다.

"나는 작은집 늦둥이로 태어났는데, 큰형이 낳은 자식들이 나보다 나이가 훨씬 많았지. 가난한 것은 아니었지만 아버지는 병상에 누워 계시고 어머니와 큰형, 형수님이 집안을 이끌어 가는 마당에 급작스레 생긴 나는 군식구나 다름없었네. 집에는 정 붙일 곳이 없어 도시에 있는 학교에 들어간 뒤부터는 밖에서만 떠돌았어."

이야기 속 세월은 한 잔에 5년씩 흘렀고 이야기

속 일호는 어느새 청년기에 이르렀다.

"나도 결혼할 뻔한 적이 아예 없는 것이 아니네. 하도 바깥에서만 나도니 부모님이 나 몰래 사주단자를 보내고 택일단자까지 받아 왔는데, 영 마음이 동하지 않아 미루고 미뤘지. 사실 도시에서 정을 통하던 사람이 있었던 것도 이유라면 이유였는데…."
"어느 도시에 계셨습니까?"
"광주 본정에서 지냈네."
"저는 수기옥정에서 태어났습니다."
"그래? 자네 아버지가 누군가? 내 또래라면 알 수도 있을 텐데."
"사실은 아버지가 누군지 몰라 어머니 성씨를 따서 살아왔습니다. 호적에는 어머니 몸종의 자식으로 올랐고요. 제가 그 몸종의 자식이라고 꾸며내야 했기에 그분은 임신한 것처럼 배에다 천을 쑤셔 넣고 여러 달을 보내야 했다고 합니다."
"어찌 그런 일이."
"저도 선생님처럼 군식구였습니다. 그나마 챙겨주시던 어머니께서 멀리 시집가시고 난 뒤에는, 주인댁에게나 하인들에게나 미움받으며 지내다 무작정 집을 나왔습니다. 아무도 저를 찾지 않더군요."

며느리

지겸은 실실 웃으며 잘도 그런 소리를 했다.

"자네 성씨가 어떻게 되는가?"
"구가입니다."
"나이가 몇이라고 했지?"
"스물여섯이요."

일호의 목소리는 아까보다 가라앉아 있었다. 잠깐 동안 정적이 흘렀다. 일호가 작게 딸꾹질하기 시작했다.

"그런데 자네는 정착할 생각은 없는가?"
"언젠간 그럴 수도 있겠지만 당장은, 딱히요…. 방랑하는 것이 더 체질에 맞는 듯합니다."

일호는 고개를 끄덕였다.

"그러나 저도 이렇게 큰 집을 가진다면 또 모르겠습니다. 1년을 지내도 답답하지 않을 것 같네요. 뒤쪽의 산과 앞쪽의 바다가, 사시사철 색을 바꾸는 모습을 지켜볼 수 있다면요."
"하하, 그건 직접 살아 보지 않으면 또 모르는 일이지."
"그나저나 행랑을 보수하실 계획은 없으십니까? 집에 들어오면 가장 처음 마주치는 곳인데 세월 때문에 허름해진 모습이 좀 아쉽습니다."
"어려운 시기에 그런 곳에 돈을 쓰는 것만큼 어

리석은 일이 없어."

"맞습니다. 마을을 둘러보니 논밭이 적어 보이던데, 뭐 배라도 소유하고 계십니까?"

"근처 마을에 땅도 몇 마지기 있네. 지금쯤 방문하여 농사가 어떻게 되어 가는지 내 눈으로 보아야 할 것인데 마을 경계가 막혀서 원…. 배는 조그만 것으로 두 척이 있었는데 더 튼튼한 배들이 나오면서 애물단지가 되었지. 지금은 그냥 아래 해변에 묶여 있네."

"그래도 돈 들어올 구석은 많고 식구는 적으니 든든하시겠습니다."

일호는 말이 없었다. 지겸은 그의 눈치를 살폈다.

"이럴 때 마을 사람들에게 넉넉히 베푼다면 그 덕이 쌓여 후일 분명 복으로 돌아올 텐데요. 늘상 대문을 걸어 잠그고 바깥과 교류하지 않으니 마을에서는 여길 무슨 범의 소굴처럼 여기는 것 같더군요."

"자네도 그렇게 여기는가?"

일체의 지체 없이 물어 오는 일호를 보고 지겸은 적잖이 놀랐다. 지겸은 웃으며 말을 골랐다.

"저는 들어와 보지 않았습니까. 그저 평범한… 대갓집이지요."

며느리

"평범하지 않다는 건 나도 자네도 잘 아는 사실이지. 그러나,"

지겸은 총기를 넘어 귀기가 서린 일호의 눈동자를 마주한 순간 냉수를 맞은 듯 취기에서 벗어났다. 어느 모로 보나 쉬운 상대는 아닌 것 같았다. 지금껏 비운 술병이 무색하게 두 사람 모두 정신이 명료했다.

"평범해지려 하는 중이네. 그러기 위해 자네 덕도 보았고."

아까의 귀기는 온데간데없었다. 일호는 온화한 얼굴로 남은 잔을 비웠다.

*

사금이는 일호가 지시한 대로 일호 방의 바로 옆방에 지겸의 이부자리를 마련하고 있었다. 일호가 자주 책을 읽는 곳이라 평소에도 잘 닦여 있는 방이었다. 얇은 장지문을 넘어 사금이의 귀에도 들려오던 일호와 지겸의 대화가 어느덧 잦아들었다. 거나하게 취해 말도 정신도 늘어지는 모양이었다. 요를 펼치려 지겸의 짐 가방을 구석으로 밀자 가방 아래에

깔려 있었던 책이 드러나 보였다.

정식으로 글을 배운 적은 없어도, 장에 나가 심부름을 하는 사이 어깨너머로 익혀 몇몇 글자는 알고 있었다. 그러나 지겸의 책 겉표지 첫 글자에 적힌 자음은 처음 보는 것이었다. 기역 자와 비슷한데 획이 하나 더 있는 것이…. 그다음 글자도 낯설기는 마찬가지였다. 사금이는 몰래 책을 펼쳤다. 그리고 떠듬떠듬 읽어 내려갔다. 방문을 닫는 것도, 이불을 정돈하는 것도 잊은 채 책장을 넘겨 가며 아는 글자를 찾아 헤매고 있었다.

"가… 거 드 가 거 라."
"가려거든 가거라."

사금이는 깜짝 놀라 황급히 책을 덮었다. 어느새 술자리를 마무리한 지겸이 열린 문 틈으로 사금이를 지켜보고 있었다.

"읽는 법은 누가 가르쳐 줬어?"

지겸은 방 안으로 들어와 사금이가 했어야 할 일을 대신 했다. 요 위에 이불을 덮고 베개를 올려 두었다. 사금이는 어쩔 줄 몰라 하며 책을 지겸의 짐 가방 아래에 도로 넣어 두려 했다.

"빌려줄까?"
"읽을 줄 몰라요."

며느리

사금이는 그 말 한마디를 남긴 뒤 방 밖으로 뛰쳐나왔다. 신발에 발을 억지로 구겨 넣고 지겸이 마루에 둔 술상을 든 채 사랑채를 뒤로하고 도망쳤다. 급히 달리는 바람에 그릇과 수저 몇 개가 떨어졌는지도 몰랐다. 안채 부엌에 도착해서는 화끈거리는 얼굴을 냉수로 닦은 뒤 설거지를 했다. 다음 날 먹을 밥을 짓고 우물터로 가서 밀린 빨래를 하다 보니 아까의 창피했던 소동이 점점 잊혀 갔다. 그렇게 자정까지 일하다 보면 금방이라도 쓰러질 만큼 피곤해졌다. 베개에 머리를 대자마자 잠들었고 눈을 뜨면 아침이었다. 눈코 뜰 새 없이 바쁘게 지내노라면 사계절이 금방 흘렀다. 평소처럼 생활하는 사이 호열자는 잦아들 것이고, 지겸은 이 집을 떠나 더 이상 볼 일 없는 사람이 될 것이다. 몰래 책을 보았던 일도 그저 지난 일이 되겠지. 그런데 이상하게도, 정말 아무 일도 아닌데도, 사금이는 그 일로 인해 무언가 바뀔 것 같다는 예감이 들었다.

*

의식이 꿈의 세계로 넘어간 순간 서천댁은 자신이 위로도, 아래로도, 양옆으로도 움직일 수 있다는 사실을 알았다. 배경은 지난번과 같은 바닷속이었다. 그 불길하고 자유로운 감각에 익숙해지기 전에 서천댁은 서둘러 정신을 차렸다. 깨어나 보니 방 안이었다. 바닥에 붙박인 몸이 한없이 무겁게 느껴졌다. 서천댁은 장롱 문고리에 묶어 놓은 발목의 천을 더 바짝, 더 세게 조였다. 정신이 혼미해지는 한밤중에는 몸을 현실에 매어 둘 닻이 이 천밖에 없었다. 1년 같은 밤이 물러가고 날이 밝자, 사금이가 이것 좀 보시겠느냐며 서천댁을 불러냈다. 서천댁은 퀭한 얼굴로 따라나섰다.

대문 앞은 썩은 생선들로 가득했다. 잡힌 뒤 한나절은 방치된 것으로 보였다. 지옥에서 건져 올린 듯한 그 생선들은 전부 턱이 빠질 것처럼 입을 벌리고 있었고 지느러미의 끝은 날카롭게 말려 올라간 상태였다. 반투명한 회색 눈알이 전부 저를 쳐다보는 것 같은 착각이 들어 서천댁은 고개를 돌렸다. 뒤늦게 나온 일호가 코를 틀어쥐며 뒷걸음질 쳤다.

"저기 이상한 것이 있습니다."

사금이가 생선 더미를 이리저리 헤치더니 깨진 그릇을 하나 꺼냈다. 바닥 쪽에 작은 부적이 붙어 있었다.

"누가 양밥을 쓴 것 같은데요."

며느리

"마을 사람들의 짓이네요."

일호는 부적을 들여다보지도 않고 단언했다.

"바로 어제, 마을에서 구가를 마주쳤을 때 누군가 그랬습니다. 우리 집에서 며느리를 데려오고 나서부터 호열자가 퍼지지 않았냐고. 그렇게 여기는 자가 저지른 소행이 아닐까 싶은데."

때마침 지겸이 마을을 떠날 채비를 마치고 대문 밖으로 나왔다. 사금이가 비켜서면서 생선 더미를 보게 된 그도 적잖이 놀란 듯했다.

"아이고… 이게 대체 무슨…."
"마을 사람들이 내게 달려들었을 때 여기 이 구가가 나서지 않았다면 해코지를 당할 뻔했습니다. 집안에 그동안 번듯한 아들이 없었으니 사람들이 우릴 만만하게 봤을 만도 하지. 그러니 마을 경계 통행도 막힌 김에, 구가를 우리 집에서 좀 지내게 하는 게 어떻겠습니까?"
"아무리 그래도 어디서 왔는지도 모를 사람을,"

서천댁이 다급히 말렸지만 일호는 완강한 태도로 나왔다.

"어디서 와서 어떻게 살았는지는 어젯밤에 자세히 들었습니다."
"당연히 불편하실 수 있다고 생각합니다. 역시

저는 그냥 나가 지내는 편이…."

"아니지. 마을 사람들한테는 자네가 이 집 아들인데, 그런 사람이 집 없이 떠돌아다닌다면 그건 그거대로 문제가 아닌가?"

하긴, 이미 가짜 결혼식을 통해 지겸의 얼굴을 마을 전체에 알린 이상 이대로 내칠 수도 없는 일이었다. 서천댁은 승낙의 의미로 고개를 끄덕이며 지겸을 힐끗 보았다. 그의 눈빛은 어딘가 의뭉스러운 데가 있었다. 사람을 보는가 싶으면서도, 그 너머의 무언가를 쉴 새 없이 가늠하고 있었다. 15년간 그 어떤 외부인도 들락거린 적 없는 집에 새 식구가 둘이나 생기게 되다니, 불길한 일이었다.

지겸은 원래대로라면 행랑채에 묵어야 했으나, 관리가 부실해 건물이 쓰러져 가는 판이라 일호와 함께 사랑채에 묵게 되었다. 서천댁은 그마저도 내키지 않았다. 그가 단지 얼굴이 반반하고 허우대가 좋다는 이유로 영휘 대신 가짜 신랑 행세를 했다는 것만으로도 미워할 이유는 충분했다. 서천댁을 마주칠 때마다 싱긋 웃어 보이는 얼굴도, 서천댁이 먼저 눈을 피할 때까지 집요하게 좇는 시선도 싫었다. 무엇보다 영휘를 별당에 두고 간호사에게도 보여 주길 꺼려하던 일호가, 가짜 신랑의 거처를 사랑채로 정한 것이 가장 고까웠다. 본디 사랑의 주인은 영휘여야 했다. 그러나 지금으로선 나설 만한 명분이 없었다. 그저 하루빨리 며느리가 임신을 하게 만들어, 영휘를 입원시키고 경과를 보는 수밖에 없었다.

에스더는 며칠간은 합방을 금하고 먼 길을 온 며느리가 충분한 휴식을 취할 때까지 기다리라고 말했었다. 에스더가 정한 기한은 다음 방문일까지였다. 에스더는 영휘를 살피기 위해 2주에 한 번씩 방문하기로 했으니, 앞으로 2주 동안 서천댁은 꼼짝없이 며느리와 마루 하나를 사이에 두고 밤을 보내게 되었다. 썩 내키진 않았으나 영휘와 재우는 것보다야 훨씬 나았다.

*

집안일을 마친 사금이는 뒤늦게 대문 앞으로 가 낡은 자루에 생선들을 담기 시작했다. 생선들은 그사이 더 부패했는지 아침보다 더 고약한 냄새를 풍겼다. 잠시라도 맡았다간 코가 문드러질 것 같아 입으로 열심히 숨을 쉬어야 했다. 미처 치우지 못한 그릇 조각이 보여 유심히 들여다보던 중 인기척이 나서 돌아보니 지겸이 대문 밖으로 나와 있었다.

"밥만 얻어먹고 가만히 있을 순 없으니 나도 좀 돕지."

지겸은 팔을 걷어붙이고 허리를 숙였으나 냄새에 놀라 금세 물러섰다. 사금이는 그를 신경 쓰지 않고 마저 일했다. 사실은 어젯밤 책을 훔쳐봤던 일에 관해 지겸이 언급할까 봐 긴장한 것에 가까웠다.

"내 또래인 것 같은데 말은 놓을게. 너도 편하게 대해."
"등 따시고 배부르게 지내던 양반 같은데 그냥 들어가 쉬시오."
"왜 그렇게 생각했어? 나도 너와 같은…"

지겸은 사금이를 빤히 보며 말을 골랐다.

"노동자야."
"노동자?"

사금이는 난데없는 단어에 눈살을 찌푸리며 되물었다.

"그래, 노동자. 들어 봤겠지. 너처럼 노동을 해서 벌어먹고 사는 사람들. 이 집에서 멀리 떨어진 수도의 정세며 철 지난 학문만 논하며 요리와 빨래는 같잖은 일로 여기는 사람들과는 다르게, 몸이든 머리든 써서 하루 종일 일하고 지쳐서 잠자리

며느리

에 드는 사람들 말이야."

그렇게 말하며 생선 더미를 자루에 넣은 지겸은 다시 이야기를 이어 나갔다.

"아니, 넌 노동자가 아니려나. 그렇게 하루 종일 일하는데 받는 것이 아무것도 없으니."

"아무것도 없다니?"

사금이가 생선을 줍다 말고 허리를 빳빳하게 세웠다.

"나는 어린 시절 일본인 고용주 때문에 아버지를 잃고 어머니와 도망쳐 나왔어. 감사하게도 이 집 할머니가 받아 주신 덕에 안전한 곳에 몸 누이고 밥 굶지 않으며 살았는데, 어떻게 받은 게 없다는 말을 할 수가 있어?"

지금껏 누구에게도 이렇게 대들어 본 적이 없어 어색했다. 그러나 마음과 다르게 말은 청산유수로 튀어나왔다. 일이 고될 때면 속으로 계속해서 되뇌던 말들이었다. 할머니의 은혜. 그리고 15년 전의 일에 관한 어떤 부채감. 지겸은 그 마음을 아는지 모르는지 어려운 말들을 써 가며 반박했다.

"생각해 봐, 세상에서 제일 불쌍한 게 네 신세라고. 저 밖에 사는 소작농들은 저들끼리 모여 지주 욕을 하며 자연스레 연대하기라도 하지. 주인과 같은 집에 살고 같은 곳간에서 난 음식을 먹으니 자기도 이 집 사람인 줄 알고 안분지족하는 모습이란…."

지겸은 사금이의 표정이 어두워지는 것을 눈치채지 못한 채 설명을 계속했다.

"10년도 더 전에 코민테른은 조선 공산당에 대한 승인을 취소했어. 파벌 문제도 있었지만 당원 대부분이 노동자가 아닌 소부르주아였다는 점도 영향이 컸지. 그러니까 우리의 중요한 과제는 너 같은 사람들을 많이 모으는 거야."
"나 같은 사람들이란 게 뭔데?"
"미래를 그려 볼 겨를도 없이 계속 일만 하는 사람. 그리고 조금만 가르쳐 주면 빠르게 배울 원석 같은 학생."
"난 배운 건 없지만 이거 하난 분명히 알겠어. 너는 빨갱이라는 거지. 주인어른께서 알면 반기지 않으실 텐데."
"주인어른이 반기지 않을 거란 건 나도 알아. 그런데 그게 너까지 날 반기지 않을 이유가 되나?"

사금이는 대답하지 못하고 지겸을 노려보다 재차 허리를 숙였다.

"이건 내가 들게."

며느리

지겸은 슬쩍 눈치를 보다 그렇게 말하며 발로 생선 자루를 툭 쳤다. 사금이는 마지막으로 집어 올린 생선을 자루에 털어 넣고 나서 제 손을 지겸의 얼굴 앞에 들이밀었다. 지겸은 냄새를 피해 뒷걸음질 치다 절벽 끄트머리 근처에서 휘청였다. 사금이가 재빨리 지겸의 손목을 붙잡아 안쪽으로 이끌었다. 지겸은 하마터면 절벽 아래로 떨어질 뻔했다는 생각에 심장이 쉬이 진정되질 않았다. 방금 자신은 생사의 기로에 섰던 것이다. 아무 말이라도 하고 싶었으나 그럴 수 없었다. 생선 냄새가 여전히 코 안을 맴도는 탓에 구토감을 억누르려 몇 번이고 침을 삼켜야 했다.

"고작 이거 하나 못 참으면서 말은."

사금이는 그렇게 말하며 먼저 자루를 둘러메고 집 안으로 들어가 버렸다. 지겸은 대문 앞에서 혼자 너털웃음을 흘렸다. 하하, 하하하. 웃다가 웃다가 더 웃겨서서 계속 웃었다. 그러고선 대문 안으로 들어갔다. 사금이와의 거리를 좁히려 바쁘게 걸었다. 키는 조그마한데 걸음이 어찌나 빠른지 따라잡기가 힘들었다.

"무례하게 말했던 것 사과할게. 그런데 너, 글 배우고 싶지 않아?"

"그럴 시간 없어."

사금이를 따라 걷다 보니 어느새 안채 뒷마당에 이르렀다. 땅에 구멍을 팠던 흔적들이 지척에 널려 있었다. 오싹한 기분에 지겸은 사금이에게 바싹 붙어 서서 물었다.

"저건 다 뭐야?"
"15년 전인가, 원래 있던 우물에서 갑자기 바닷물이 솟았어."
"바다 바로 옆이니 그럴 만도 하지. 해저 지진이 일어나고 그러면."
"그래서 새 우물을 팠는데, 거기서도 바닷물이 나왔어. 여기저기 아무리 파 보아도 다 바닷물이 들어차니 우물은 못 만들고 구멍만 잔뜩 냈지. 그 많은 구멍을 그냥 내버려둘 수는 없어서 대충 메운 거야. 언덕 위로 올라가면서 우물 자리를 계속 찾았는데 결국 저기 저 사당 앞에 가서야 민물이 솟았대."
"저기까지 가서 물을 길어 오는구나."
"그렇게 힘들게 팠는데, 정작 그 우물물 먹을 사람들이 거진 다 죽어 나갔으니 무슨 의미가 있겠어. 여기가 맨 처음으로 바닷물이 솟았던 그 우물 터야."

누가 봐도 버려진 곳이었다. 지붕을 갖추고 있긴 했으나 구멍이 뻥 뚫려 비가 줄줄 샐 것 같았다. 기

며느리

둥엔 따개비가 잔뜩 붙은 두레박이 매달려 있었고 용도 모를 닻이 걸려 있었다. 큰 배에서 쓰던 것인지 그 크기가 어린아이만 했다. 사금이는 우물 뚜껑을 열더니 메고 온 생선 자루의 입구를 우물 벽 위에 걸쳤다.

"뒤에서 좀 받쳐 줘."

그러고선 우물 안에 생선을 전부 쏟아붓는 것이었다.

"이걸 왜 여기에다 버려?"
"이 안에서 사는 것들이 다 먹어 치울 테니까."

지겸은 우물 안을 들여다보았다. 어두워서 아무것도 보이지 않았지만 분명 짠 바람이 불어오는 것이 느껴졌다.

"저주가 걸린 물건인데, 왜 집 안으로까지 끌고 들어와? 그냥 절벽 아래에 쏟았어도 됐잖아."
"그 저주가 여기에 걸린 저주만 할까."

사금이는 그렇게 말하면서 우물 뚜껑을 덮었다. 역한 냄새가 순식간에 옅어졌다. 지겸은 피식 웃으며 말했다.

"이상한 곳이야."
"도시에서도 이상한 일이 많이 벌어진다고 들었는데."

"아니지. 예로부터 이상한 일은 변방에 많았어. 가짜 가마꾼이며 가짜 신랑을 불러 모아 허울뿐인 우귀례를 한다거나, 말 못 하는 며느리를 들여선 좀체 모습을 드러내지 않는 아들과 밤을 보내게 한다거나⋯."

"⋯⋯."

"그리고, 겉보기엔 부잣집이나 속은 그렇지도 않지."

"그렇게 잘나서 남의 집 그릇을 깨 먹는 같잖은 수작을 부리는 건가?"

지겸은 깜짝 놀라 눈을 크게 떴다.

"그걸 알고 있었단 말야?"

사금이는 한쪽 입꼬리를 샐쭉 올려 보였다. 지겸의 눈이 반짝였다.

"내일 밤엔 생선을 치우지 않아도 되지? 대문 앞에서 기다릴게."

그 말을 남겨 두고 지겸은 사랑채로 떠났다. 사금이는 지겸의 말뜻을 헤아려 보느라 멀어져 가는 그의 뒷모습을 보며 가만히 서 있었다.

며느리

*

　달이 차오르면 몸이 점점 나른해지고 둔갑한 상태로 지내기가 어려워진다. 모든 영물들이 그렇다. 수면 아래를 환하게 비추는 달빛에는 숨긴 본모습을 내보이는 힘이 있다. 보름밤에는 뿌연 기운 하나 없이 맑아진 바다에서 집채만 한 게가 집게발을 움직여 엉킨 파도를 풀고, 끝이 보이지 않을 정도로 기다란 산갈치가 헤엄치고, 거대한 암초인 듯 가만히 있었던 거북이가 몸을 뒤집어 색색깔의 산호 군락을 드러낸다. 그야말로 장관이다. 그동안 내 명령에 따라 움직이던 수족들은 몸집을 불리곤 앞다투어 달려 나간다. 그것들은 거칠게 붓질하듯 움직이며 넓은 바다를 누빈다.

　산 사람은 없어야 할 이 바다에, 아이가 홀로 들어온다. 나는 불안하여 아이를 따라간다. 아이는 곧장 내가 선물을 숨겨 두는 장소로 잠수한다. 아무것도 없는 것을 알아채곤 주변을 더 뒤져 본다. 숨이 가빠지자 수면 위로 올라갔다 다시 내려오는 아이를, 말리고 싶다. 나는 팔 한쪽을 뻗어 조심스레 아이의 팔을 휘감는다. 우리의 첫 번째 접촉이다. 아이의 눈빛이 변한다. 아이는 나를 팔에서 떼어 내고는 망사리에 집어넣으려 한다. 나는 들어가지 않으려 몸을 불린다. 아이는 놀라 두 눈을 휘둥그레 뜨더니 다리에 힘이 풀린 듯 가라앉는다. 내가 저를 잡아먹을 거라는 생각이라도 한 걸까? 아이를 안심시키기 위해 몸을 사람처럼 바꾼다. 가늘고 긴 열 손가락으로 아이를 붙잡는다. 뚜렷한 공포로 가득 찬 두 눈에는 저 자신과 똑같은 얼굴이 담겨 있다. 아이의 모든 숨이 한 번에 빠져나간다. 나는 아이의 팔다리를 붙잡고 수면 위로 끌어내려다가 알게 된다. 아이는 이미 죽었다.

순간 이루 말할 수 없이 서늘한 바람이 서천댁의 전신을 휩쓸고 지나갔다. 방문이 열려 있었다.

다행히 오늘은 발목에 묶은 천 때문에 절벽 근처에도 가지 못하고 손을 뻗어 간신히 문만 연 듯했다. 마루를 타고 부는 바람에 조금씩 여닫히는 방문은 여전히 서천댁에게 어서 방 밖으로 기어 나오라고 손짓하는 것 같았다. 서천댁은 발목에 묶은 천을 풀고 떨리는 손으로 방문을 닫았다. 얼마나 센 힘으로 벗어나려 했는지 발목 주변이 온통 빨갰다. 서천댁은 이부자리로 돌아와 꿈을 되짚었다. 지난번에 꾼 꿈속에서 몸의 색을 자유자재로 바꾸고 좁은 틈에 숨어 들어가고 몸을 부풀리고 어딘가에 들러붙은 것으로 미루어 짐작은 했었지만, 이번엔 확실히 목격했다. 길게 늘어진 다리는 분명 문어의 것이었

며느리

다. 그동안의 꿈속에서 서천댁은, 바닷속을 쏘다니며 사람 아이에게 관심을 갖는 문어였던 것이다. 그 움직임이 어찌나 자유롭던지 현실로 돌아와 몸을 움직이자니 힘이 들었다.

며느리가 온 뒤로 갑자기 이상한 꿈을 꾸고 기억하기 시작한 것에 어떤 의미가 있을까. 곰곰이 생각해 봤지만 연관점을 찾을 수 없었다. 서천댁은 장지에 뚫어 둔 구멍으로 맞은편 방문을 훔쳐보았다. 며느리 방에선 아무런 기척도 없었다. 한숨 돌리고 눈을 떼려던 순간 무언가 구멍을 틀어막았다. 서천댁은 소리를 지를 뻔했으나 입을 막고 간신히 참았다.

구멍을 막았던 무언가는 문살을 타고 수직으로 이동하려다 툭 떨어졌다. 문을 열고 살펴 보니 게가 뒤집힌 채로 마루에 나동그라져 있었다. 아무리 집이 바다 가까이에 있다 해도, 게가 어찌 안채까지 온단 말인가. 서천댁은 게를 똑바로 세워 댓돌 아래에 놓아 주었다. 게가 버둥거리다 자세를 잡고 옆으로 나아가는 걸 바라보던 서천댁은 갑자기 불길한 예감이 들었다.

한참을 문 앞에 앉아 있던 서천댁은 날이 밝자 문안 인사를 핑계로 일호를 찾았다. 외부의 적에 대해 인지하고 나니 일호가 더없이 든든한 아군처럼 느껴졌다. 서천댁은 일호와 차 한 주전자를 나누어 마시는 동안 지난 이틀간의 꿈들에 관해 털어놓았다. 환상적인 부분은 최대한 줄이고 현실적인 방향으로 이야기해 보려 노력했고, 이 꿈은 며느리가 오고 나서 시작됐음을 강조했다. 질병이 도는 와중에 출신을 모르는 사람을 둘이나 집 안에 들이게 된 것은 식구로서, 또 엄연한 가주로서 함께 의논할 만한 일이었다. 그런데 일호는 두 이방인에 대해서는 함구하고 꿈속에 나온 문어에 관해서 집요하게 캐물었다.

"다시 한번 여쭤보지요. 꿈에 나온 것이 다른 그 무엇도 아니고 문어가 맞았습니까?"
"예. 바닷속의 문어가 나오는 꿈이었습니다."
"허, 참. 문어라니, 문어…."

서천댁은 중얼거리는 일호를 이상하다는 눈으로 보았다.

"질부 입에서 문어란 말이 나오니 생경하군요. 이 집안 사람들이 죄다 문어 귀신에 잡혀갔다는 이야기가 있으니 말입니다. 물론 헛소문이겠지만요."
"문어 귀신이 무엇인데요? 그리고 우리 집안 사람들을 왜요?"
"15년 전, 질부께서 시집오시기 몇 달 전이었을 겁니다. 한창 사시제를 준비하느라 바쁜 와중, 근처 어시장에서 만난 어부가 전에 없이 거대한 문어를 잡았다 하여 그것을 사기로 했답니다. 아시다시피 문어라는 이름에는 글월 문(文) 자를 쓰니까요. 중국에서는 문어를 장어(章鱼)라고 합니다. 앞 글자들을 합치면 문장(文章)인 것이지요. 우리 집안에는 예로부터 문인이 많았으니 그분들을 기리기에 더없이 적절한 제물이라고 여겼을 겁니다."

일호는 상 위에 손가락으로 글씨를 써 가며 설명했다.

"어부는 문어를 당장은 보여 줄 수 없고 돈을 먼저 달라 했습니다. 어차피 어부나 이 집 사람들이나 오랫동안 이곳에 살아왔고 살아갈 것이니 믿고 돈을 주었지요. 그런데 어부가 돈을 먼저 받아 놓고 사라진 겁니다. 결국 하인들이 그가 살던 집까지 찾아갔는데, 어부도 배도 문어도 전부 사라진 뒤였다고 합니다. 기이하지요. 어떤 사람들은 그가 원래 허풍쟁이에 노름꾼이라 돈을 받고 도망칠 계획으로 소문을 냈을 거라고 했습니다. 반면 또 다른 사람들은 그 문어가 보름날에 낚은 문어라며, 어부도 그걸 산 신씨 가문도 저주를 피할 수 없을 것이라 떠들었습니다. 얼마 뒤 질부께서 시집을 오셨고요."

"제가 오기 전에 그런 일이 있었군요."

"질부께서 한동안 극심한 몽유병을 앓았던 것은 알고 계시겠지요. 방문에 쇠사슬이며 자물쇠가 주렁주렁 달려 있는 모양새가 악귀를 봉인해 둔 것 같다고 하인들이 떠드는 것을 들은 적이 있습니다. 질부께선 병 때문에 방을 뛰쳐나가는 밤이면 항상 바닷가에 가 계셨다고 합니다. 그러니 문어 귀신이 며느리에게 붙었단 얘기가 돌았던 거겠지요."

이번에 들인 며느리가 아닌 새 며느리 시절의 자신에게 문어 귀신이 붙었다는 얘기가 있었다니. 서천댁은 믿기 어렵다는 표정으로 일호를 바라보았으나 일호는 추억에 빠져 서천댁을 의식하지 않은 채 이야기를 이어 나갔다.

"백방으로 노력해 보아도 사라져 버린 집안 사람들의 흔적을 하나도 찾을 수가 없다는 걸 알게 되었을 때 저는 그런 생각이 들었습니다. 몽유병 때문에 아기를 데리고 탈출한 질부를 찾으려 해변을 뒤지고 다니던 가족들이, 물때를 잘못 타서 전부 변을 당한 것이 아닌가. 물론 석연찮은 구석이 많은 추측이지만요."

"그렇다면 어째서 시어머니와 시할머님까지 나서셨을런지요."

며느리

"자세한 내막은 모르지요. 이 아래 해변은 잘피 숲이 우거져 있고 소용돌이가 거세어서 잠수부들도 들어가길 꺼리더군요. 누군가는 문어 귀신에 홀린 사람들이 귀신을 따라 줄줄이 바다에 들어갔다고도 했지만, 헛소문일 뿐이니 질부께선 신경 쓰실 필요 없습니다. 15년 전의 문어 귀신 이야기도, 질부 꿈속에 등장한 문어도요. 그것이 존재하든 하지 않든 삿된 것은 사람들이 믿을수록 힘을 키우니까."

"하지만, 당숙 어른 말씀을 듣고 나니 문어가 꿈에 나왔던 것이 어떤 암시라는 생각이 듭니다. 며느리를 들인 뒤로부터 이런 꿈을 꾸기 시작한 것이 우연일런지요. 존재하는 것을 두고 애써 없다고 생각한들 그 힘이 사라질까요."

"아마 질부께서 간직하고 계셨던 기억의 한 조각이 꿈속에 떠오른 것일 테지요. 자꾸만 꿈에 집착하시면 광증이 도집니다."

"꿈에 집착하는 것이 아니라…"

"혹, 며느리가 질부와는 달리 건강한 아들을 낳을까 봐 시기하시는 건 아니지요?"

"네?"

"아니라면 말고요. 그나저나 며느리에게 취할 조치에 관해선 저도 다 생각이 있습니다. 제멋대로 돌아다니다가 별당에서 영휘의 모습을 보고 도망쳐 버리기라도 하면 큰일이니까요. 어느 날 입이라도 트이면 또 모르죠. 그길로 배 속의 아기와 함께 도망칠지. 당연히 미연에 방지해 두어야겠지요. 그건 내가 알아서 할 터이니 질부께서는 신경 쓰지 마세요."

어느 순간부터인가 일호의 말이 머리에 잘 들어오지 않았다. 문어는 모습을 바꾸며 이곳저곳 숨어 들어가는 이들에 대한 꿈속의 은유인 줄로만 알았는데 느닷없이 문어 귀신 이야기를 들먹이질 않나, 며느리에 대한 걱정을 질투로 치부하질 않나, 서천댁은 그저 당황스럽기만 했다. 일호와의 대화가 서로 다른 세상에서 숨을 쉬는 듯 답답해서 혹시나 아직 꿈에서 깨지 못한 것인지 의심스럽기까지 했다.

짧은 만남을 마무리한 뒤 서천댁은 안채로 돌아와 어지러운 마음을 가라앉히려 했다. 그때 갑자기 며느리가 들고 왔다던 혼수품들이 떠올랐다. 서천댁은 마루에서 빨래한 예복을 개던 사금이를 불러 물었다.

"가져왔다는 혼수품은 어디다 두었지?"
"가마 안에다 두고 꺼내는 걸 잊었습니다. 가져올까요?"
"아니, 내가 직접 확인하마."

며느리

신부 가마는 어지러운 광 한가운데에 놓여 있었다. 찢어진 장지를 새로 바르고 몸체에 기름칠을 한 뒤 반짝반짝하게 닦아 둔 터라 아주 자세히 들여다보아야만 오래된 것임을 짐작할 수 있었다. 서천댁은 가마 문을 열고 상체를 들이밀었다. 겉모습은 말끔했지만 내부엔 먼지가 소복했다. 구석에는 보랏빛 보자기로 싸인 꾸러미가 덩그러니 놓여 있었다. 부실하게 묶인 매듭을 끌러 보니 그저 조개껍데기며 소라고둥 몇 개, 조약돌과 모래알들이 떨어질 뿐이었다. 패물과 금붙이가 가득하다고 들었는데 전부 팔아 치우거나 빼앗긴 것인지 그런 건 어디에도 없었다. 사금이가 빼돌렸나 의심해 보기도 했지만 아무래도 그럴 아이는 아니었다. 맨 아랫부분엔 말라붙은 해초에 싸인 깨진 거울 조각이 있었다. 오랫동안 풍화된 것인지 단면이 전부 닳아 매끄러웠다. 서천댁은 보자기에서 나온 물건들을 꺼내 광 바닥에 내려놓고 마저 가마 안을 살펴 보았다. 상체가 점점 가마 안쪽으로 기울더니 이윽고 엉덩이, 다리, 발까지 쏙 들어갔다. 서천댁은 가마를 타고 온 며느리가 취했을 법한 자세로 앉아 보았다.

답답했다. 창문은 고장이 났는지 안에서는 열 수 없었다. 양반다리로 앉은 지 얼마 되지 않았는데도 다리가 저려 왔다. 어디로 가는지도, 얼만큼 갔는지도 모르는 채로 이동한다고 생각하니 심장이 꽉 막힌 듯 갑갑해졌다. 밖으로 나오려는데 손에 무언가 만져졌다. 먼지를 털어 내고 살펴보니 오디였다. 쪼그라든 오디는 서천댁의 손가락 사이에서 뭉개지면서 터졌고 얼마 안 남은 즙이 비어져 나왔다. 가마에서 어렵사리 빠져나온 서천댁의 치마에도 검붉게 오딧물이 들어 있었다. 서천댁은 가마 안에 오디가 있다는 것을 의아하게 생각하며 옷매무새를 정리했다. 그러다 바닥에 아무렇게나 펼쳐 둔 꾸러미 속 거울 조각을 쳐다보곤 소스라치게 놀라며 주저앉았다.

스치듯이 보았을 뿐이지만 거울에 비친 제 얼굴은 분명 온통 붉은빛이었고 잔뜩 얽어 있었다. 거울에서 멀찍이 떨어져 조심스레 손으로 얼굴 표면을 쓸어 보니 매끄럽기만 했다. 떨리는 걸음으로 다시 거울 앞에 서서 얼굴을 확인해 보았다. 역시 매끈했다. 아까는 잠깐 잘못 봤다고 생각하며 광에서 나가려 했으나, 거울에 서린 이상한 기운이 서천댁의 걸음을 잡아끌었다. 삿된 물건들을 집 안에 내팽개쳐 둘 순 없었다. 서천댁은 흐트러뜨렸던 물건들을 보자기로 다시 곱게 쌌다. 그리고 자신이 아는 한 집에서 유일하게 외부와 맞닿아 있는 곳으로 갔다.

폐우물의 기둥엔 녹슨 닻이 걸려 있었다. 언젠가

며느리

사금이에게 물어보니, 15년도 더 된 옛날 우물에서 바닷물이 솟자 미신을 믿던 침모가 어부에게서 얻어 온 것이라고 했다. 바다에서 기어 나온 귀신이 우물 바깥으로 머릴 내밀더라도 그 큰 쇳덩이를 보면 도로 들어갈 거라면서 말이다. 서천댁은 우물 뚜껑을 열었다. 만조 때 우물로 흘러들어 왔다가 빠져나가지 못한 물이 고여 있어 불쾌한 냄새가 났다.

"왔던 곳으로 돌아가라."

그렇게 말하며 서천댁은 보자기를 우물에 던졌다. 우물 뚜껑을 닫고 돌아서려는데, 멀리 보이는 별채 담 너머에서 누군가의 발소리가 들렸다. 서천댁은 소리쳐 물었다.

"거기 누구 있습니까?"

지겸의 머리가 담장 위로 솟았다. 그는 곧 쪽문을 열고 나왔다.

"사랑은 반대쪽인데 왜 이쪽으로 오셨습니까?"

서천댁은 부러 지겸의 눈을 똑바로 쳐다보며 물었다.

"실례했습니다. 제가 길눈이 워낙 어둡습니다. 그리고 집이 여간 넓은 게 아니라…."
"그럼 제가 모셔다 드리지요."

평소 같으면 방향을 일러 준 뒤 되돌아갔겠지만, 지겸이 혼자 다니게 내버려두면 몰래 별채로 가서 영휘를 찾아낼지도 모를 일이었다. 아니, 애초에 지겸은 가족들이 숨기는 무언가가 있으리라 확신하고 별채로 숨어들었을지도 모른다. 앞으로는 더욱더 그를 경계해야겠다고 생각하며 서천댁은 앞서 걸었다. 지겸은 바짝 따라붙으며 말을 걸었다.

"마을엔 질병이 퍼지기 시작한 것 같더군요."
"마을에 다녀오셨어요?"
"예, 주인어른 심부름을 좀 하느라."
"무슨 심부름이요?"
"그건 사랑에 가서 함께 보시죠. 안 그래도 식구들을 불러 모아 설명해 준다 하셨으니."

일호의 명으로 지겸이 구해 온 것은 자물통이었다. 주조된 지 얼마 안 된 것인지 철로 된 몸통은 흠집 하나 없이 빛났다. 일호는 서천댁과 사금이에게 자물통 여는 법을 알려 주었다. 열쇠 끝을 자물통 구멍에 힘주어 넣은 뒤 열쇠를 오른쪽으로 눕히고, 원위치로 되돌린 다음, 왼쪽으로 눕힌 후 빼면 조임쇠가 풀리며 자물통 고리가 열렸다. 복잡한 구조의 자물통이었다. 일호는 하나뿐인 열쇠를 사금이에게 건넸다.

"이 열쇠는 누구에게도 주지 말고 너만 갖고 있

며느리

어라."

　사금이는 대답을 하면서도 서천댁의 눈치를 보았다. 일호는 며느리를 감금하는 동시에 서천댁으로부터 지키려는 것 같았다. 서천댁은 괜한 역심이 들었다. 이 집에서 가장 위험한 사람은 며느리였다. 서천댁은 맹수와 한 지붕 아래에서 지내야 하는 처지였다. 맹수에게 목줄을 채워 놓고 그 줄을 제 손에 쥐어 주지 않는 일호가 서천댁은 야속했다. 하지만 광증이 났다는 오해를 받고 있으니 함부로 나설 순 없었다. 서천댁은 안채의 자기 방으로 돌아와 장롱 문고리에 매인 천을 발목에 묶고 이불 속에서 몸을 웅크렸다. 15년 전의 복수를 마무리하기 위해 집으로 기어들어 온 문어 귀신을 내쫓기 위해선 적당한 때를 기다려야 했다.

*

사금이는 괜히 빗자루를 들고 대문 밖을 기웃거리는 중이었다. 대문 밖에서 만나자는 지겸의 말은 대체 무슨 뜻이었을까. 선뜻 나가면 불온한 사상에 동조하는 것처럼 보일까 봐, 혹시라도 기다리고 있는 그를 마주치면 바닥을 쓸러 나왔다는 핑계를 대야겠다고 생각하던 참이었다.

"안 오는 줄 알았어."

대문 옆 담장의 그늘 아래에 숨어 있던 지겸이 사금이 앞에 불쑥 나타났다. 그는 고개를 숙여 사금이와 눈높이를 맞추곤 속도 없이 웃는 낯을 들이밀었다. 모두들 예의상 지키는 거리를 그는 그렇게 갑작스레 침범하곤 했다.

지겸은 사금이를 데리고 언덕길을 쭉 내려갔다. 해변을 따라 걷다 보면 절벽 아래로 향하는 험한 길이 하나 나왔다. 그 길은 버려진 해변으로 이어졌다. 근처 해류의 흐름이 이상한 탓인지 매년 상괭이 한두 마리가 뭍으로 밀려와 바다로 돌아가지 못하고 죽음을 맞는 곳이었다. 치우는 데에 품이 많이 들어 방치된 시체들은 부패하며 심한 냄새를 풍겼다. 자연스레 사람들의 발길도 끊겼다. 지겸과 사금이는 간조 때라 드러난 뾰족한 바위들을 돌다리 삼아 절벽 모퉁이를 돌았다. 저 멀리 보이는 바위틈에서 빛이 새어 나왔다. 사금이는 그 빛을 향해 앞서 나갔다. 지겸은 바위 위에서 중심을 잡는 것이 익숙지 않아 뒤처졌다. 먼저 도착한 사금이가 들여다본 동굴 안에는 10대 후반에서 20대 사이의 청년 셋이 모여 있었다. 그중 하나는 마을에서 오다가다 본 적이 있는 얼굴이었다. 청년들은 다들 눈을 휘둥그레

며느리

뜨고 사금이를 빤히 보았다.

"전에 이야기했던 그 친구."

한발 늦게 도착한 지겸이 사금이의 어깨에 손을 얹으며 그렇게 말했다.

"시간이 얼마 남지 않았으니 오늘은 곧장 이야기를 나눠 볼까…."

지겸은 외투를 벗으며 곧장 청년들의 앞으로 가 섰다. 사금이는 상고머리의 남학생들 사이로 성큼성큼 걸어 들어가 빈자리에 앉았다. 옆에 앉은 청년이 사금이와 자신의 사이에 책을 하나 놔두었다. '캅프시인집'이란 제목의 손때 묻은 책이었다. 청년은 책을 펼치고 책장이 넘어가지 않도록 눌렀다. 사금이는 알고 있는 자모음을 조합해 내용을 유추해 보았으나 글눈이 어두워 뜻을 알기 어려웠다. 사금이가 해석에 골몰하는 사이 지겸이 손에 『캅프시인집』을 들고 큰 소리로 읽기 시작했다. 대화할 때와는 또 다른, 듣기 좋고 명확한 목소리였다.

불같이 뜨거운 햇빛 밑에서 살을 데우고 피를 말리며 / 모든 힘을 다하고 오장을 다 데우면서 / 알뜰히 지어 놓은 쌀은 누구에게 빼앗겼는가….

사금이는 그 내용의 오만불손함에 속으로 경악을 금치 못했다. 그러나 오랫동안 소원하던 글공부를 하기 위해 왔으니 찬밥 더운밥 가릴 처지가 아니었다.

"이번엔 네가 한번 읽어 볼래?"

지겸이 사금이를 가리키며 말했다. 옆에 앉은 청년은 첫 문장을 짚어 주었다. 사금이가 쉽사리 입을 떼지 못하자 청년은 아주 작게 문장을 읽어 주었다. 사금이는 그의 말을 따라 했다.

"불같이 뜨거운 햇빛 밑에서 살을 데우고…"

한 자 한 자 읽어 내려갈 때마다 신씨 가문의 집에서 일하던 날들이 머릿속에 스쳐 지나갔다. 정수리를 태울 것 같은 햇빛 아래에서 100명은 거뜬히 먹을 만한 음식을 준비하고, 그걸 도로 치우고, 매일 세끼 밥을 차리고 식기를 씻고 옷을 빨고 방을 닦던 나날. 심지어 며느리가 오고 나서는…….

자모음이 온통 흩어져 눈에 들어오지 않았다. 사금이는 입을 꾹 다물었다.

"못 읽겠어?"
"아니. 생각 중이야."
"그래."

청년들은 사금이에게 빨리 읽으라 재촉하지 않고, 자기들끼리 시에 관해 이야기하기 시작했다. 사금이는 고개를 흔들었다. 신씨 가문의 집 안에서 있었던 일들도 같이 휘저어 머릿속에서 내보냈다. 내용은 버리고 그저 글자만 취하면 되었다. 사금이는 다시금 책에 코를 박고 천천히, 힘주어 글을 읽기 시작했다.

지겸의 수업이 파하자, 사금이에게 글을 알려 주던 청년은 동굴 밖으로 먼저 나간 지겸과 한참 동안 이야기를 나누었다. 홀로 남겨진 사금이는 오늘 배운 것을 복습해 보려 했으나 밖에서 소곤거리는 목소리들이 들려와 영 집중이 되지 않았다. 결국 사금이는 동굴 입구 근처로 가서 지겸과 청년의 대화를 엿들었다.

"처음엔 거짓으로나마 부부의 연을 맺었던 신부가 신경 쓰여 되돌아가 보았는데, 웬걸 불쌍한 사람들밖에 없어. 지주도 뭣도 안 되는 그릇이야."
"네가 부르주아의 서자라서 그쪽을 두둔하는 건 아니고?"

청년은 웃으며 농담했다. 지겸은 기분 나쁜 티를 냈다.

"뭐, 어찌 보면 더 악독해. 저 애의 고혈을 빨아먹는 대가로 아무것도 지불하지 않으니. 그리고 신부도……."

"그래서 계몽이 필요한 거지. 앞으론 어떻게 할 참이야?"

"어디에든 매여 있는 신세는 사람을 처량하게 만든다니까. 호열자가 잠잠해지면 모임을 큰 조직과 연결시켜야지. 그러고 나면 나는 떠날 작정이야. 그 전에 필요한 물자를 얻어야 할 거고."

"저 애가 가담할까?"

지겸은 바다 쪽을 보고 서 있어서 표정을 읽을 수 없었다. 사금이는 일부러 발소리를 내며 동굴 밖으로 나왔다. 글을 알려 주던 청년이 어색하게 웃으며 반겼다.

"해 뜨기 전에 돌아가야지. 어르신은 새벽같이 일어나셔."

낮 동안 내내 일을 하고 밤새도록 공부를 했는데도 사금이의 눈은 반짝였다. 지겸과 청년은 먼저 획 가 버리는 사금이를 벙찐 표정으로 보고만 있었다. 이내 지겸은 청년에게 눈인사를 하곤 사금이를 따라 떠났다. 빠르게 걷는 사금이와의 거리를 좁히기 위해선 뛰듯이 걸어야 했다. 신씨 가문의 집으로 이어지는 언덕길에 들어섰을 때쯤 사금이가 뒤돌아보며 물었다.

"이 집을 가지고 뭘 할 셈이야?"

며느리

지겸은 대답하지 않았다. 앞서 걷고 있던 사금이를 올려다보던 지겸은 곧 시선을 바닥으로 떨어뜨렸다.

"너, 계몽이니 사상이니 떠들지만 그냥 도적놈이지?"

지겸은 천천히 눈을 들었다.

"도적은 그들이야. 너는 어버이 같다고 여기겠지만…"

사금이는 여전히 반짝이는 눈으로 지겸을 쏘아보고 있었다.

"네 몸을, 힘을 노리는 도적들일 뿐이야. 그걸 네가 꼭 알았으면 좋겠어."

말끝에 지친 기색이 묻어났다. 지겸이 신중하게, 어렵게, 진심을 담아 이야기하고 있다는 것을 사금이는 느낄 수 있었다.

*

2주가 지나 에스더가 다시 신씨 가문의 집을 찾았을 때, 영휘의 혈색은 도로 나빠져 있었다. 그럼에도 서천댁과 일호는 영화가 전과 같은 상태로 돌아온 것에 안심한 듯했다. 일호는 합방을 재개해도 되냐며 집요하게 물어 왔으나 서천댁은 그러지 않길 바라는 눈치였다. 몸을 건들기만 해도 아파하는 영휘는, 그 아픔을 무릅쓰고 아이를 만들어야 입원할 수 있었다. 어떤 방향을 선택해야 할지 갈피를 잡기 어려웠지만 고민 끝에 에스더는 영휘를 위한 최선의 판단을 내렸다.

"재개하셔도 됩니다."

일호는 흡족한 듯 고개를 끄덕였다. 믿음을 주는 일이 최우선이었다. 신뢰를 쌓아 영휘의 몸을 볼 수 있게 된다면, 영휘에 대해 더 정확한 진단을 내릴 수 있을 것이다. 며느리가 있는 안채로 가기 전, 일호는 에스더를 따라오려는 서천댁에게 눈치를 주었다.

"왕진료에 관한 이야기를 하려 하니 질부는 자리를 피해 주시오."

에스더는 불편해하면서 일호를 따라나섰다. 진료비를 깎는 건 상관없었다. 더 이상 오지 않아도 된다는 소리를 들을까 걱정이었다. 별당 뒷문께에 다다랐을 때 일호는 조심스럽게 말을 꺼냈다. 진료비가 아니라, 며느리의 눈에 관한 이야기였다.

며느리

"사람 눈을 멀게 하라구요?"

"아니, 완전히 멀게는 말고-"

일호는 목소리를 극히 낮추곤 주변을 황급히 돌아보았다.

"어두운 곳에서 앞을 못 볼 정도면 되는데. 어려운가?"

에스더는 한 발짝 물러나면서 단호하게 안 된다고 말하려 했다. 신념에 어긋나는 일이라고 말하려 했다. 그런데 그러기 전, 일호가 한 발짝 다가오며 먼저 속삭였다.

"복면을 계속 씌우는 것에도 한계가 있고… 무엇보다 그렇게 해 주신다면, 신뢰가 쌓일 것 같은데."

달콤한 미끼로 사람을 꾀려는 태도에 벌컥 화를 낼 수도 있었겠지만 에스더는 그러지 않았다. 에스더는 너무나도, 영휘의 모습이 보고 싶었다. 에스더가 본 가장 낮은 곳은 걸인이 가득한 거리도, 병으로 죽은 아이들의 무덤도, 지금 일하는 요양 병원도 아니었다. 신씨 가문의 집 별당이야말로 에스더가 살면서 본 곳 중 가장 낮은 곳이었다. 그곳에는 모습을 드러낼 수도 없고, 무어라 말할 수도 없고, 어머니를 제외하고는 손을 잡아 줄 이도 없는 영휘가 있었다. 에스더는 다음번에 방문할 때도 영휘를 볼 수 있길 고대했다. 놀라지 않고, 숨을 참지도 않고 그의 퉁퉁 부은 손을 어루만져 주고 싶었다. 신뢰가 쌓인다면 언젠가 그의 발, 가슴에 이어 마침내 얼굴을 마주하게 될지도 몰랐다. 에스더는 영휘의 모습을 보는 것이 자신에게 주어진 사명처럼 느껴졌다. 그 무엇을 걸어서라도 자신의 믿음을 증명해 시험을 통과하여 과업을 이루어야만 할 것 같았다.

에스더는 조심스럽게 며느리의 방으로 들어갔다. 며느리는 여느 때와 같이 순진한 눈빛으로 에스더를 쳐다보았지만, 에스더는 전처럼 그 눈을 똑바로 쳐다볼 수가 없었다. 형식적인 진찰을 마친 뒤 밖으로 나온 에스더는 기다리고 있던 일호에게 방 안에서 고심한 답을 들려주었다.

"어렵지 않을 것 같습니다."

며느리

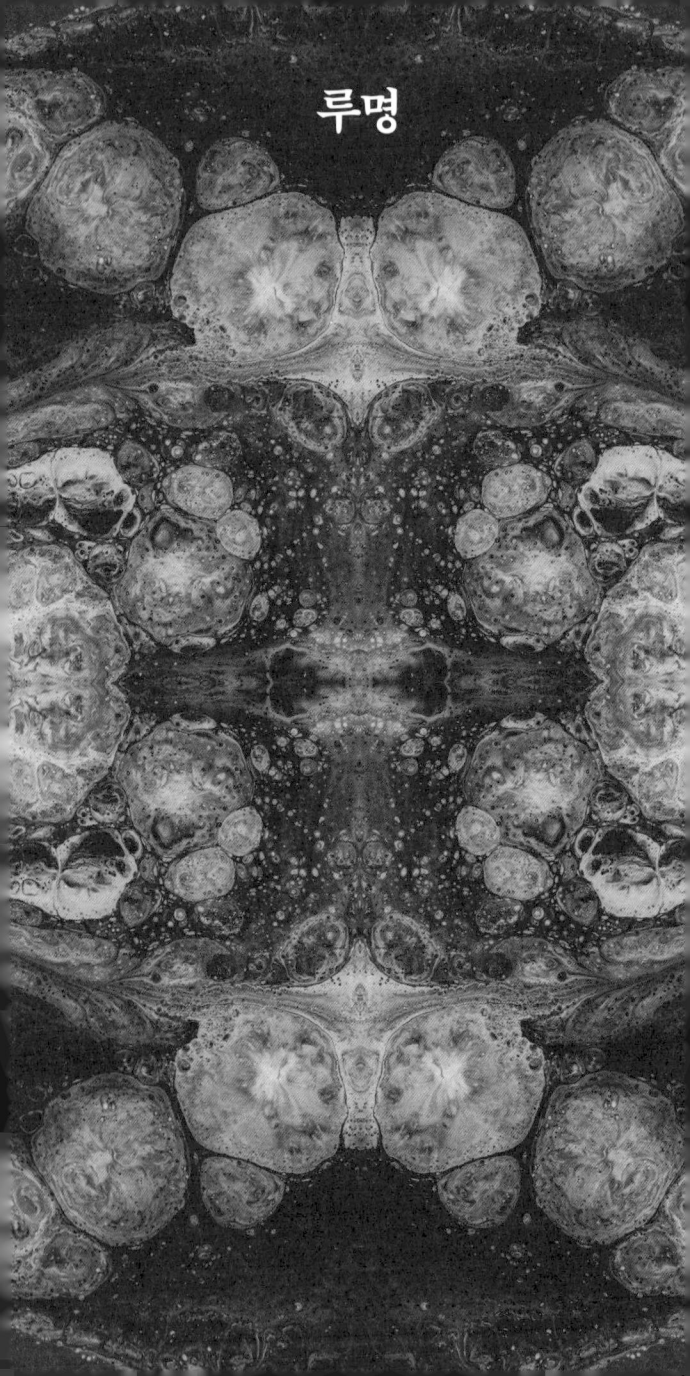

혼례일로부터 근 두 달이 지났을 무렵이었다. 그사이 호열자는 작은 마을들까지 구석구석 파고들었다. 송환선 운항이 끊기면서 사람들은 어선을 타고 밀입국하기 시작했고, 골머리를 앓은 미군은 조업 단속에 나섰다. 배에서 호열자 감염 의심자가 나오면 바다 위에서 불태웠다. 몰래 배를 띄우다 걸린 사람에게는 큰 액수의 벌금을 물렸다. 남자들이 어선을 타지 못하게 되자 결국 여자들이 물질을 해다 반찬을 올렸다. 마침 바다에 야광충이 들끓는 이상 현상이 일어나 밤에 해루질을 하기가 편해진 참이었다. 마을 어린애들 사이에서 괴이한 노래가 돌기 시작한 것도 그즈음이었다.

신 씨네 아들은, 병 걸린 신부를 데리고 왔네
마을 입구서부터 신부가 지난 자리 자리마다
역병, 역병이……

루명

아이들은 그 부분을 부른 뒤에는 꼭 기침하다 죽는 시늉을 했다. 몇 번째인지도 모를 왕진을 가던 도중 에스더는 그 노래를 처음으로 들었다. 누군가 던진 돌이 자전거 바퀴에 맞고 튕겨져 나가, 에스더가 돌이 날아온 방향으로 고개를 돌렸을 때였다. 방둑 너머 해변에 있던 아이들이 일제히 멈춰 선 채로 이쪽을 바라보며 노래를 불렀다. 모두들 해를 등지고 있어 표정을 읽기 어려웠다. 에스더는 고개를 돌리고 계속해서 페달을 밟았다. 일호 앞에서 굳이 그 노래를 언급하진 않았다. 괜한 걱정을 심어 줄 필요는 없었다. 묵묵히 일하며 신뢰를 쌓기만 하면 될 일이었다.

한 달 반쯤 전, 에스더는 원장 비서의 침대맡을 뒤져 열쇠 하나를 꺼냈다. 그러곤 신발을 벗어 손에 든 채 살금살금 걸어 방을 빠져나갔다. 복도의 돌바닥이 맨발에 닿자 한기가 발뒤꿈치에서부터 오금, 척추, 목을 타고 올랐다. 계단을 내려가고 숙소 현관을 지나 본관 건물로 들어서니 희미한 달빛이 중앙 계단을 비추고 있었다. 에스더는 계단을 조심스레 올랐다. 2층 병동은 조용했다. 중병 환자들은 밤에 유독 아파했다. 밤새 뒤척이며 고통에 신음하는 사람이 한 명만 있어도 나머지가 잠을 잘 수 없기에 특정 환자들의 저녁밥에는 꼭 수면제를 섞었다. 꾸

준히 수면제를 먹는 환자들은 어느새 낮에도 멍하니 지내게 되었다. 수많은 환자들을 통제하려면 별 수 없었다. 최선이 존재하지 않는 상황에서 고른 차악이었다. 며느리의 눈을 멀게 하는 일 또한 그와 다를 바 없을지도 몰랐다. 임신이란 바람은 에스더가 이루어 줄 수 없었지만 눈을 멀게 해 달란 부탁은 달랐다. 명확한 방도가 있었고 경과를 지켜볼 수도 있었다. 무엇보다 에스더가 부드러운 방법으로 눈을 멀게 해 주지 않는다면, 신씨 가문의 집에서 어떤 끔찍한 방법을 써서 목적을 달성하려 할지 알 수 없는 노릇이었다. 그러니까 이건 봉사이기도 했다. 그런 생각을 하며 걷다 보니 어느새 3층 약품 보관실 앞이었다.

최근 액침 표본에 취미를 붙인 원장 때문에 메탄올병은 구석에 방치되고 있었다. 메탄올은 건조 표본을 만들 때 주로 쓰였다. 생물이 살아 있을 때에 쓰면 격렬하게 몸을 떨다 픽 죽어 버려 시체의 온전한 모습을 남길 수 없다는 단점이 있었기에 꼭 죽은 것을 확인하고 써야만 했다. 체구가 작은 사람이라면 $10\,ml$ 정도만 섭취해도 시력을 거의 잃게 되고, $50\,ml$ 이상을 마신다면 죽음에 이를 수 있었다. 한 번에 치사량을 투약한다면 표본이 되지 못하는 생물들처럼 최후의 발악을 할 수도 있으니, 가장 좋은 방법은 서서히 중독시키는 것이었다. 에스더는 메탄올을 작은 갈색 병에다 옮겨 담았다.

많은 양을 쓸 필요는 없었다. 병에 담갔다 뺀 젓가락에 묻어 있는 만큼만 있으면 충분했다. 소량임에도 역겨운 냄새가 심했으나 일호가 한약방에서 지어 온 착상탕에 섞어 넣으면 감쪽같이 악취가 묻혔다. 며느리는 임신이 잘되게 하는 동시에 눈을 멀게 하는 약을 매번 잘도 받아 마셨다. 그 무렵부터 동료들은 에스더를 피하기 시작했다. 에스더는 병원에서 매일같이 환자들을 돌보았지만 늘 어딘가 다른 곳을 보는 듯했다. 드리워진 주름 너머, 느리지만 분명하게, 이명처럼 겹쳐 들리는 이상한 맥박이 에스더를 사로잡고 있었다.

"사람들은 그를 멸시하고 배척했지만, 사실 그는 우리의 병고를 메고, 우리의 고통을 짊어지고 있었습니다. 우리는 그를 벌 받은 자로 여기며 천대했습니다. 그러나 그가 짊어진 것들은 전부 우리의 악행이었습니다…."

원장이 설교하는 동안에도 에스더는 오직 영휘 생각뿐이었다. 독생자께서는 어떤 연유로 이 세상에 오셨을까. 그가 세상에 온 이유, 비참한 모습으로 존재하는 이유, 내가 그를 보살피게 된 이유는 무엇일까. 에스더는 생각하고 또 생각했다. 흔들리는 주렴 사이로 새어 들어온 가느다란 빛을 반사해 내던 그 크고 맑은 눈동자를. 기억이 훼손되지 않았다면 동공의 모양이 분명 가로로 길쭉한 형태였다. 중세 유럽의 그림들에선 종종 염소의 머리를 가진 존재로 악마를 묘사하곤 했다. 선량함의 상징인 양 또한 가로 동공을 갖고 있다는 사실은 퍽 역설적이었다. 네발로 설 때도, 두 발로 설 때도 언제나 땅과 수평을 이루는 가로 동공. 영휘의 머리는 염소의 것일까, 양의 것일까. 내리막길에서 가속도가 붙은 자전거처럼, 에스더의 몽상은 이미 한쪽으로 쏠려 그칠 줄 모르고 뻗어 나갔다. 멈추는 순간 튕겨져 나가 바다에 빠질 것만 같았다.

저녁 즈음 신씨 가문의 집을 찾은 에스더는 여느 때처럼 챙겨 온 약품을 탕약에 섞었다. 믿음을 증명하기 위해서는 때로 잔인한 일을 벌여야 했다. 한 사람의 눈을 어둡게 하는 일 정도면 사람들이 겪어 왔던 여러 심판과 환난 중에선 가벼운 축에 속하지 않는가? 일호의 작전에 가담하기 시작할 무렵엔 며느리가 약을 남김없이 먹는 것을 보고 덜컥 겁이 나기도 했지만 그것도 잠시였다. 며느리의 눈이 나빠지는 기색이 보이지 않자 에스더는 점점 더 많은 양의 메탄올을 섞어 넣었다.

루명

드디어 고대하던 날에 이르렀다. 에스더는 불이 환하게 켜진 방 안에서 며느리를 대면했다. 며느리의 시선은 애먼 곳을 떠돌고 있었다. 에스더는 시험 삼아 다소 먼 거리에서 며느리에게 그릇을 건넸다. 며느리의 손은 공중에서 한참 헤맸고 결국 그릇을 잡지 못했다. 에스더는 곧장 이를 일호에게 전했다.

"밝은 곳에서도 제가 내민 그릇을 받아 들지 못했으니 어둠 속에선 한 치 앞의 사물도 구분하지 못할 겁니다."

"수고하셨습니다."

"저, 그런데 신 선생님."

"말씀하세요."

"아직도 신뢰가 부족한가요?"

에스더는 일호를 똑바로 보며 그렇게 말했다. 얼마 전 일호는 비용이 부담된다며 왕진 횟수를 줄일 것을 요청했는데, 에스더는 진료비를 받지 못하더라도 방문하겠다고 말했었다. 그땐 에스더가 그저 순수한 선의를 보인다고 여겼는데 이제 보니 아닌 듯싶었다. 그 기저에 깔린 속내를 알 순 없지만, 에스더는 영휘에게 도를 넘은 관심을 갖고 있었다.

"덕분에 원하는 바를 이루었는데 어떻게 신뢰가 부족하다고 할 수 있겠습니까."

일호는 빠르게 말을 이었다.

"아이가 태어나고 나면 한 번 더 병원 쪽으로 연락을 드리지요. 그간 수고 많으셨습니다."

에스더가 어떤 표정을 짓고 있는지 확인할 자신이 없었다. 일호는 고개 숙여 인사한 뒤 서둘러 돌아섰다.

*

그날 며느리는 복면을 쓰지 않고 영휘 방에 들어갔다. 일호는 에스더가 정말로 성공한 것인지 확인하기 위해 다시금 합방을 지켜보았다. 맨얼굴을 드러낸 며느리는 더 이상 기괴해 보이지 않을 것 같았다. 촛불이 떨리는 몸의 곳곳을 비출 때마다 며느리는 매력을 발산했다. 어느 순간에는 서천댁보다 원숙한 여인처럼 보이기도 했고, 또 어느 순간에는 순진무구한 어린아이처럼도 보였다. 가느다란 입술은 뻐끔거리며 작게 벌어졌다. 피부는 도자기처럼 매끄러워 금방이라도 깨질 것만 같았다. 촛불에 흐물흐물 녹아내릴 것 같은 영휘의 몸과는 극명히 대비되었다. 가느다란 목에 달린 머리가 흔들리는 동안, 며느리의 눈은 한곳만을 보고 있었다. 영휘

루명

의 얼굴이 아닌, 조금 더 먼 곳….

일호는 문득 이상한 기분이 들었다. 분명 앞이 보이지 않을 텐데, 며느리의 눈동자가 문구멍 너머의 제 눈을 보고 있는 것 같았다. 아니 문 너머의 육신, 나아가 영혼까지 꿰뚫어 보고 있는 것 같은 느낌이었다. 황급히 자리를 떴으나 사랑채로 돌아오고 나서도 시선이 뒤에 따라붙은 듯해 목덜미가 서늘했다. 한여름에 불을 땐 방에서 연거푸 술을 마셨는데도 한기는 쉽게 가시지 않았다. 방에 혼자 있자니 세상에 혼자 남은 것처럼 막막해졌다. 요즘 일호는 부쩍 외로웠다. 함께 집안을 이끌어 나가야 할 서천댁은 최근 들어 낮에도 꿈을 꾸는 듯 항상 몽롱해 보였다. 사금이가 전하길, 서천댁은 지나가는 바람에 며느리 방문의 자물통이 살짝 흔들리는 소리만 나도 바깥을 살피기 바쁘다고 했다. 그렇게 말하는 사금이 또한 변해 가고 있긴 마찬가지였다. 요사이 자주 타거나 설익은 밥을 주었다. 씻기지 않은 고춧가루가 남아 있는 그릇을 내놓기도 했다. 마루를 손으로 쓸면 먼지가 시커멓게 묻을 정도여서 사금이를 찾으면, 어딘가에서 졸고 있기 일쑤였다. 호통치면 그제야 허둥지둥 정신을 차렸으나 그렇게 차린 정신은 오래가지 않았다. 집은 무너져 가는 중이고 영휘는 날 때부터 무너져 있었고 서천댁은 머잖아 무너지겠다 싶을 정도로 아슬아슬해 보였지만, 사금이만큼은 워낙 영특하고 야무져서 걱정할 일이 없었는데 의아한 일이었다. 지겸은 혼자 보내는 시간이 늘었다. 하루 종일 코빼기도 보이지 않다가 밤늦게 돌아와서는 답답하여 숲속에서 산책을 했노라며 곧장 잠자리에 들곤 했다. 그가 점점 오래 집을 비우다 어느 날 영영 돌아오지 않을지도 모른다는 생각에 일호는 두려워졌다. 다행히 오늘은 옆방에서 지겸의 코 고는 소리가 들렸다. 일호는 그 소리를 자장가 삼아 잠을 청해 보기로 했다.

*

다음 날 아침은 어딘가 적막했다. 원래도 조용한 집이었으나 평소와는 다른 분위기를 모두가 감지했다. 지겸도 일찌감치 그것을 눈치채곤 방에 틀어박혀 있었다. 일호는 느지막이 일어나 이부자리를 정리했다. 늦은 오후가 되어서야 사금이는 서천댁의 방문 앞에 둔 아침상이 놓았을 때 그대로인 것을 보고 이상하게 생각했다. 곧이어 장터라도 열린 듯 사람들이 와글와글 떠드는 소리가 들려왔다. 소리는 점점 더 가까워졌고 벌레 무리처럼 귀를 간지럽혔다. 마침내 그들은 문을 두드렸다.

"계십니까!"

일호는 방 밖을 내다보았다. 사금이가 대문을 열자 바다 비린내가 훅 끼쳤다. 일호는 입을 떡 벌렸다. 마을 어부들이 수레를 끌고 위풍당당하게 신씨 가문의 집 안으로 들어온 것이었다.

"기별도 없이 무슨 일입니까?"

일호가 급하게 마당으로 달려 나왔다. 어제 마신 술의 여파로 얼굴이 부어 있었다. 옷깃은 비뚤어진 채였고 머리는 부스스했다. 어부들은 말없이 수레를 마당 한가운데에 두곤 위에 덮인 모포를 벗겼다. 일호는 대문 앞에 쏟아 놓았던 상한 생선을 이젠 마당에 쏟으려는가 싶어 눈을 질끈 감았다.

"여기 이것 좀 보시지요."

그 소리에 눈을 뜨자 믿을 수 없는 광경이 펼쳐졌다. 수레 안에 눈을 감은 서천댁이 가만히 누워 있었다. 내세에 이른 듯 편안해 보이는 얼굴이었다.

"죽었나?"

창백해진 일호가 중얼거린 말에 사금이가 달려가 서천댁의 숨을 확인했다.

"살아 계셔요."

"어디서 발견했습니까?"

"이치의 아내가 해변에서 발견했습니다."

맨 앞에 선 어촌계장이 어부 중 한 사람을 가리켰다. 그제야 일호는 수레에 가까이 다가가 안을 들여다보았다. 어부들은 두 걸음 물러났다. 서천댁의 피부에 온통 발진이 돋아 있었다. 울긋불긋한 그 모습이 영희와 닮았다는 생각이 든 순간 일호는 온몸의 피가 싹 빠져나가는 듯했다.

"독이 있는 바다 생물에게 쏘인 모양입니다. 생명에 큰 지장은 없어 보이나, 통 정신을 못 차린다면 하시던 대로 간호사를 불러 진찰받게 하시지요."

일호는 여전히 그 자리에 굳은 채 서 있었다. 어촌계장이 사금이를 불러 대신 상황을 정리했다.

"애야, 안채로 데려가 눕혀 드려라. 미음 좀 쑤어 드리고. 신 선생께는 저희가 긴히 드릴 말씀이 있습니다. 아드님도 함께하시면 좋겠는데… 어디 계십니까?"

지겸은 아까부터 보이지 않았다. 사금이는 수레를 끌고 저만치 멀어지며 일호에게 불안한 눈빛을 보냈다.

"그 애는 감기 기운이 있어 방 안에서만 지내는 중입니다. 함께 누마루로 가시겠습니까?"

루명

남자들 몇몇이 작게 비웃는 소리가 들렸다. 일호는 잘못 들었을 것이라 여겼다.

평소엔 널찍하다 못해 광활해 보였던 사랑채 누마루는 찾아온 남자들을 모두 수용하기에는 비좁았다. 남자들이 발길을 옮길 때마다 마루판에선 삐걱거리는 소리가 났다. 전부 자리를 찾아 앉고 나자 계장은 본론으로 들어갔다. 먹을 것을 나누어 달라 청한 것이다. 계속 멍해 있던 일호는 머뭇거리며 답을 하지 못했다.

"타 지역에서 오는 곡식도 줄고 배도 못 띄우니 애들 먹일 게 없습니다. 이 집은 식구는 적고 먹을 것은 많지 않습니까?

"소작 준 땅이 옆 마을까지 있잖습니까. 작년은 흉작이었는데도 봐주는 것 없이 거둬 갔다고 들었습니다."

"허, 참…."

일호는 당황하여 어촌계장의 눈을 피했다. 곳간에 비가 새는 바람에 작년에 거둔 쌀에는 온통 곰팡이가 슬었다. 벌레까지 생기는 바람에 거의 다 버릴 수밖에 없었다. 재산은 애초에 넉넉했던 적이 없거니와 그나마 있던 것은 전부 혼례를 진행하고 에스더를 불러오는 데에 써 버렸다. 이 모든 것은 원래 가장이 관장해야 하는 일이었다. 칠촌 친척일 뿐인 자신은 좋은 마음으로 가족을 도왔을 따름인데 마을 사람들에게 문책이나 받고 있다니, 점점 부아가 치밀었다.

"다들 아시지 않습니까. 저는 칠촌의 친척일 뿐입니다…."

그렇게 운을 떼고 난 뒤에는 말이 술술 나왔다.

"집안에 남자 어른이 없어 바깥 사정에 오랫동안 참견하였을 뿐 실권은 전부 안주인께 있습니다. 특히 곳간에 관한 것은 종부의 몫이고요. 장부 또한 질부께서 관리하십니다. 저는 곳간 열쇠가 있는 곳을 모르고, 장부의 위치마저 모릅니다. 질부께서 깨어나시면 꼭 여쭤보도록 하겠습니다."

"신 선생은 그렇고, 이 집 아드님 또한 할 수 있는 일이 전혀 없다는 말씀이십니까?"

"그 애는 오랫동안 타지에서 유학하여 집안 사정을 점차 파악해 나가는 중입니다. 이제는 실질적인 가장인 만큼 제 어머니께 잘 말씀드려 보라고 일러 두겠습니다."

누군가 큰 소리로 헛웃음을 쳤다. 당연히 기가 막힐 노릇일 터였다. 안주인을 구해다 주는 친절을 먼저 베풀고 한껏 예절을 갖추어 곡식을 요구했는데,

안주인 때문에 못 주겠다니. 어부들은 더 이상의 대화는 무의미하니 슬슬 자리에서 일어나야겠다는 눈치였다. 험악해진 분위기를 누그러뜨리려는 듯 어촌계장은 몇 번 헛기침을 했다.

"그럼 안주인께서 깨어나셨을 때 기별을 꼭 주시지요."
"그러겠습니다."

일호는 날 선 공기를 의식하며 어부들과 함께 일어섰다. 호열자가 물러나고 나서도 계속해서 같은 땅에 발붙이고 살아야 할 사람들과 등 돌려 봐야 좋을 게 없었다. 일호는 그나마 호의적인 태도를 보였던 어촌계장의 옆에 붙어 서서 말했다.

"당장 도움을 드리지 못해 죄송할 따름입니다. 마을 상황이 많이 안 좋은가요?"
"마을 걱정을 할 시간에 이 집 아드님 간수나 잘 하시지요. 신부 맞은 지 얼마나 되었다고 하녀랑 놀아난답니까?"
"그게 무슨 말씀이십니까?"
"둘이 바닷가에서 손잡고 노니는 걸 본 사람이 한둘이 아닙니다."

어촌계장이 점잖게 말했다. 아주 작은 목소리였으나 왜인지 앞서가던 다른 모든 어부들이 들었을 것만 같았다. 순식간에 머리끝까지 열이 올랐다. 몇몇은 대놓고 비웃으며 돌아보는 것 같았고, 나머지도 어깨를 흔들며 쿡쿡 웃는 것처럼 느껴졌다. 일호는 간신히 배웅을 하고 혼란스러운 마음을 안은 채 방으로 돌아왔다. 열린 방문 사이로 길게 들어오던 석양빛은 밤이 되어 사라졌다. 넋을 놓고 방 안에 가만히 앉아 있다 보니 지겸이 있는 건넌방에서 기척이 들렸다. 사라락 책장 넘기는 소리도 함께였다. 일호는 일어서려다가 다리에 힘이 풀려 풀썩 쓰러졌다. 얼마 뒤 마루로 나온 지겸은 반쯤 열린 일호 방문 앞에 서서 물었다. 얼굴은 보이지 않았다.

"무슨 일 있으십니까?"
"아니, 아무것도 아닐세. 자네는 무얼 하고 있었는가?"
"늦잠을 자고 일어나 책을 읽는 중이었습니다."
"아까 마을 사람들이 방문했는데, 소리를 듣지 못했는가?"
"듣지 못했습니다. 어쩐 일로 손님이 다 오셨습니까?"

거짓말이었다.

"별일 아니었네. 그런데 이상한 이야기를 하나 들었어."
"어떤 이야기 말씀이십니까?"

루명

"이 집 아들이, 하녀와 밤바다에서 손을 잡고 논 다던데."

일호는 천천히 몸을 일으켰다.

"그것이 사실인가?"
"사실입니다."
"어째서?"
"사금이가 바다 구경을 시켜 주겠다며 나가자고 졸랐습니다. 확실히 야광충이며 처음 보는 생물들이 신기해 자꾸 걸음을 하게 되더군요. 손은 제게 약한 야맹증이 있어 돕느라 잡아 준 것뿐입니다."
"사금이가 그랬는가?"

사금이는 항상 말이 없고 우직했다. 손이 야무지고 힘은 또 어쩌나 센지 조그만 여자아이의 몸으로 남자 하인 몫의 일까지 거뜬히 해냈다. 일호는 그런 사금이가 발칙한 짓을 했으리라고 생각하지 않았다. 그러나 그저 알겠다며 지겸의 어깨를 두드릴 뿐이었다. 세상과 단절된 이 집에서 자유롭고 젊은 남녀라곤 그 둘뿐이니, 마음이 통하지 않는 것이 더 이상했다.

지겸이 제 방으로 돌아가고 나서도 일호는 오랫동안 자리에 앉아 있었다. 한참 뒤 사금이가 저녁

상을 들고 사랑채를 찾았다. 방 안에다 상을 차리는 사금이에게선 물비린내가 심하게 났다. 서천댁을 방에 눕혀 두는 동안 몸에 밴 듯했다. 오랜만에 가까이서 사금이를 보았다. 말갛던 얼굴이 많이 거칠어져 있었다.

"너도 나이가 차니 그런 호기심도 생기는 모양이구나."
"그게 무슨 말씀이세요?"
"이미 구가에게 다 들었다. 한밤중에 바닷가에 놀러 가자며 졸라 댔다면서? 마을에 소문이 파다하다더라."
"예? 아니….'
"갈 곳 없는 것을 거둬 줬더니 외간 남자에 환장을 해서 주변 눈치도 안 보고 집안 평판을 떨어뜨리는 짓이나 하다니. 대체 어디서 배워 먹은 버릇이냐?"

사금이는 아무 말도 하지 않고 일호를 똑바로 쳐다보았다.

"피는 못 속인다던가. 원한다면 시집을 보내 주마. 그러나 소문이 그렇게 난 마당에 어떤 총각이 데려갈까. 아. 이미 볼 것 다 본 사이인 마당에 영휘의 후처는 어떠냐?"

루명

사금이는 여전히 답이 없었다. 대답해 보라고 채근하려던 찰나 사금이의 입이 열렸다.

"구가가 그렇게 말했습니까?"

일호의 얼굴에 당황한 기색이 역력했다. 사금이가 말대답할 줄 예상하지 못한 눈치였다. 사금이는 재차 물었다.

"대답해 주세요. 그렇게 말했습니까?"

일호가 말을 고르는 사이 사금이는 사랑채 마당을 가로질러 빠르게 걸어갔다. 표정이나 몸짓에서 분함을 숨기려는 일말의 노력조차 보이지 않았다. 예절이, 법도가, 완전히 무너졌다. 어디서부터 바로잡아야 할지 몰라 막막한 마음으로 일호는 마당에 주저앉았다. 지겸의 방에선 아무런 기척이 없었다. 일호는 방으로 들어가려다, 발을 돌려 안채로 향했다.

*

작고 하얀 몸은 피와 숨이 돌지 않게 되자 금세 부풀어 오른다. 저세상의 것을 이쪽으로 끌고 오면 이렇게 될 수밖에 없으리란 걸 알고 있었으면서도 못

내 아쉬워 나는 곁을 지킨다. 미물들이 여린 살을 탐하지 못하게 쫓아내면서 나는 아이의 모습을 눈에 담는다. 그러다 결국 눈알을 잃고, 뺨 한 줌을 잃고, 가슴 한쪽을 잃고, 마침내는 아이를 완전히 빼앗기고 만다. 하지만 괜찮다. 함께 있는 동안 얇은 눈꺼풀과 촘촘히 박힌 속눈썹, 기이하게 생긴 귀, 겨드랑이에 잡힌 주름, 분홍빛 손발톱, 손발가락 끝의 무늬와 움푹 들어간 배꼽을 전부 모사해 냈으니까. 오랫동안 아이 옆을 지키느라 아무것도 먹지 못한 사이 보름달 뜨는 날이 돌아온다. 전처럼 거대하게 몸집을 불릴 힘은 없다. 나는 눈앞을 지나가는 작은 게에게 시선을 빼앗긴다. 게의 등딱지에 달라붙는 순간, 나는 수면 위로 빠르게 끌려 올라간다.

잔잔한 수면 위에 낚싯배 하나가 떠 있다. 탐욕스런 표정의 어부는 죽은 게의 딱지를 낚싯대에서 빼낸다. 그리고 어창에 막무가내로 나를 집어넣는다. 완전한 어둠이다. 피 냄새와 내장 썩은 냄새가 진동한다. 죽은 생선들의 틈을 파고들어 편한 자리를 찾아 보려 하지만 어디로 수족을 뻗어도 사체의 살점이 푹푹 뭉그러져 아래로, 아래로 빠져 들어갈 뿐이다. 이럴 땐 단단한 껍데기가 필요하다. 나는 연습했던 대로 사람의 육체를, 호흡을 따라 해 보려고 한다.

루명

얼마나 시간이 흘렀을까, 어창 문이 열리고 빛이 쏟아져 들어온다. 어부는 살점들 사이로 손을 넣어 나를 끄집어내려 한다. 나는 원래의 팔로 그의 손을 먼저 붙잡은 뒤 아이의 얼굴을 내밀어 숨을 쉰다. 어부의 얼굴에 순간 핏기가 가신다. 어부는 내 팔을 떼어 내고 다시 문을 닫으려 한다. 나는 팔을 더 길게 늘여 그의 목을 휘감는다. 좁아진 문틈 밖으로 비집고 나가려 한다. 힘겨루기는 금방 끝난다. 나는 갑판에 발을 디디고 시퍼레진 어부의 얼굴을 확인한다. 숨을 쉬지 않는다. 나는 어부를 어창 안에 집어넣는다. 그리고 정박해 있던 배의 닻을 거둔다. 만조가 되면 배는 자연히 먼바다로 흘러 나갈 것이다. 나는 배에서 내린다. 그런데, 이제 어디로 가지? 발이 젖은 땅에 닿는 느낌이 생경하다.

서천댁은 눈꺼풀을 힙겹게 들어 올렸다. 땀을 많이 흘렸는지 이부자리가 온통 축축했다. 얼마나 잔 것인지, 밤이 되어 어둑해진 방 안을 촛불이 밝히고 있었다. 방문 밖에서 일호가 인기척을 냈다.

"일어나셨습니까?"

"예, 걱정해 주신 덕에요."

"마을 사람들이 바다 생물의 독에 쏘인 것 같다 말합디다."

서천댁은 방금 전 꾼 꿈에 대해 생각하다 잠들기

전에 일어났던 일, 어젯밤의 일을 되짚어 보았다.

"그간 계속 우려했는데 결국 몽유병이 도졌나 봅니다."

"저는 그저 꿈을 꾼 게 아니에요. 분명…."

"그러면 대체 왜 오밤중에 바다로 가서 쓰러져 있었습니까?"

서천댁은 입을 꾹 닫았다. 바른대로 이야기했다간 며느리가 아니라 자신이 방에 갇히게 될 것이 뻔했다.

"사흘 뒤가 사시제이니 오늘부터 재계하여야 하는데…."

사시제 3일 전부터는 몸과 마음을 깨끗이 해야 했다. 매일 찬물로 목욕해야 했으며 옷을 단정히 입어야 했다. 급한 일이 아니면 외출하지 않고 술과 고기도 삼갔다.

"혼란을 드려 죄송합니다. 앞으로는 조심하겠습니다."

"내일부터 제사 준비에 힘써야 하니 부정한 생각은 멈추고 해야 할 일에 집중합시다."

일호가 탐탁지 않은 기색을 내비치며 떠난 뒤에도 서천댁은 어젯밤 생각에 골몰했다. 한밤중에 분명, 서천댁은 자물통이 덜컥이며 풀리는 소리를 들

루명

었다.

그 소리에 놀라 조심스레 문 구멍을 통해 밖을 내다보니 며느리 방문이 천천히 열리고 있었다. 하얀 속치마가 안개 흐르듯 문지방을 넘었다. 며느리는 마루를 가로질러 나가다 말고 서천댁이 있는 쪽을 돌아보았다. 식겁한 서천댁은 방문 뒤편에서 숨을 죽이고 기다렸다. 한참이 지나 방문을 열자, 며느리가 지나간 자리에 물 자국이 길게 이어져 있는 것이 보였다. 서천댁은 호롱불을 들고 따라나섰다. 자국을 따라 걷다 보니 어느새 뒷마당의 폐우물 앞이었다.

우물 뚜껑은 반쯤 열려 있었다. 서천댁은 두레박을 타고 천천히 내려갔다. 두 손으로 밧줄을 잡느라 호롱의 손잡이는 입에 물어야 했다. 바닥에 내려선 서천댁은 반쯤 부패한 생선 덩어리를 철퍽 밟고서 소스라치게 놀랐다. 다행히 호롱 손잡이를 물고 있었던 덕에 비명은 새어 나오지 않았다. 얼마나 깊이 내려왔는지 가늠하기 위해 하늘을 보는데, 누군가 까르르 웃는 소릴 내며 우물 뚜껑을 닫았다. 서천댁은 사금이가 아니라는 걸 알면서도 사금이를 애타게 불렀다. 악다구니를 써 댔는데도 우물 뚜껑이 다시 열리는 일은 없었다. 도르래에 걸린 밧줄은 뚜껑에 끼어 당겨지지 않았다. 서천댁은 올라가기를 포기하고 호롱불을 들어 주변을 비춰 보았다.

그야말로 생지옥이었다. 썩은 생선 더미 주변에 질펀하게 고인 점액에선 역겨운 냄새가 났고 생선 살점을 뜯으려는 생물들이 바글거렸다. 산 것과 죽은 것이 뒤섞여 아수라장이었다. 이전에 던져 넣었던 며느리의 보자기는 풀어진 채로 구석에 뒹굴고 있었다. 보자기 안에 들어 있던 날카로운 패각에 피부가 베일까 뒷걸음질 치던 차 어디선가 차갑고 맑은 물이 밀려와 발뒤꿈치를 간질였다. 뒤를 돌아보니 우물 벽 한구석이 무너져 구멍이 나 있었다. 시원한 바람이 얼굴에 닿아 솜털이 쭈뼛 섰다. 며느리는 이 구멍으로 빠져나가 도망쳤으리라. 서천댁은 곧장 그 안으로 몸을 밀어 넣었다.

구멍은 오랜 시간에 걸쳐 생긴 듯한 자연 동굴로 이어졌다. 길이 험하고 침식된 바위 모양이 뾰족해 서천댁은 천천히 걸어야 했다. 호롱불은 한 치 앞을 비출 뿐이었다. 발목 근처에서 찰랑이던 물은 어느새 수위가 점점 높아져 정강이까지 차올랐다. 그때 뒤편에서 무거운 것이 떨어지는 둔탁한 소리가 났다. 우물 쪽인 것 같았다. 뒤를 돌아본 서천댁의 얼굴을 차가운 바람이 스치고 지나갔다. 순간 두려움이 엄습해 서천댁은 앞쪽을 향해 뛰었다. 다행히도 동굴의 끝이 가까워진 듯 안쪽으로 들어오는 빛이 보였다. 서천댁은 며느리가 바위 위에 벗어 둔 옷을 발견하곤 걸음을 더 재촉했다. 마침내 눈앞에 드넓은 바다가 펼쳐졌다. 그리고 저 멀리, 맨몸으로 바다에 나가는 며느리가 있었다.

며느리가 나아가는 방향엔 얼마 전부터 나타난 빛 무리가 있었다. 서천댁도 그곳을 향해 가려는데, 한순간 시야가 어두워졌다. 호롱불이 물에 닿아 꺼진 것이었다. 어느새 가슴 아래까지 전부 물에 잠겨 있었다. 앞으로 한 걸음 더 내디딘 순간, 서천댁은 바닥에 발이 닿지 않는 깊은 물속으로 쑥 빠졌다. 입안으로 물이 밀려 들어와 비명을 지를 수가 없었다. 귀까지 물에 잠긴 순간 지옥에서나 들릴 법한 끔찍한 아우성이 사방에서 울려 퍼졌다. 발버둥 친 끝에 간신히 얼굴을 수면 위로 내민 찰나에 먼 곳의 며느리가 이쪽을 돌아본 것도 같았다. 그 모습을 보자마자 서천댁은 수면 아래로 끌려 들어갔다. 온몸의 힘이 다 빠졌을 때쯤 수없이 많은 손길에 떠밀려 어느 모래톱에 닿았던 듯했다. 간밤의 일인데도 15년 전의 일처럼 가물가물했다.

서천댁은 방 안에 앉아 생각했다. 며느리는 문어 귀신일까. 아니면 정말로 자신의 광증이 도진 것일까. 아무래도 남들의 눈에는 서천댁이 미치광이로 보일 게 뻔했다. 마른세수를 하자 손에 모래가 묻어

나왔다. 그제야 감지 못한 머리카락에서 비린내가 나는 것이 느껴졌다. 씻기 위해 부엌에 가려고 채비를 하는데, 며느리 방문에 걸린 자물통이 흔들리는 소리가 들렸다. 서천댁은 숨을 참고 장지문에 뚫린 구멍으로 밖을 내다보았다. 며느리 방문 앞에 서 있는 사람은 일호였다.

일호는 주변을 의식하며 품에서 열쇠 하나를 꺼내 자물통에 꽂았다. 체면을 죽기보다 중요시하는 그가 사금이에게 핑계를 대고 열쇠를 빌렸을 리는 만무했다. 처음부터 열쇠 하나를 자신 몫으로 남겨 두었던 것이다. 서천댁은 배신감에 휩싸여 곧장 일어서려다 말고 좀 더 지켜보기로 했다. 마루 건너편에서 벌어지는 일이 고스란히 눈에 담겼다. 며느리 방문을 연 일호는 앉아 있는 며느리에게 무어라 말을 걸더니, 며느리의 등 뒤에 무릎을 꿇고 앉아 쪽 찐 머리를 풀어 주었다. 뒤이어 일호는 품 안을 뒤적여 반짝이는 물건을 꺼냈다. 쇠로 된 가위였다. 일호는 며느리의 머리끝을 조금 잘라 주머니에 넣은 다음 자리에서 일어났다. 그러고선 며느리 방문을 걸어 잠그고, 언제 왔었냐는 듯 순식간에 안채를 벗어났다. 서천댁은 고민하다 쓰개치마를 두르고 방 밖으로 나왔다. 누워 있는 사이 굳어진 몸이 덜그럭대며 움직였다. 이제 일호는 그리 미더운 상

루명

대가 아니었다.

　일호는 잰걸음으로 안채를 가로질러 집을 나섰다. 서천댁은 일호가 떠난 대문 앞에서 한참을 망설였다. 15년 동안 이 선을 넘으면 큰일이 난다고 생각해 왔었다. 집의 울타리 밖으로 나가는 순간 지척에 널린 맹수와 강도와 행려병자들의 습격을 받을 것만 같았다. 어제도 며느리를 따라 우물 안으로 들어갔다가 집을 벗어났지만, 아예 대문 밖으로 나간다는 것은 완전히 다른 이야기였다. 일호의 발소리가 완전히 들리지 않게 되고서야 서천댁은 문지방 밖으로 한 걸음을 뗐다.

　달빛이 희뿌옇게 세상을 비췄다. 파도 소리가 유난히 크게 들려 바닷물이 귓가에 바로 들이치는 듯했다. 척추가 뻐근해질 때까지 긴장한 채로 가만히 서 있었지만 아무 일도 일어나지 않았다. 서천댁은 조용히 대문을 닫고 언덕을 내려갔다. 저 멀리 일호의 모습이 보였다.

　집 아래의 언덕길은 일직선으로 나 있는 데다 한쪽은 절벽, 한쪽은 작은 수풀을 면하고 있어 몸을 숨길 곳이 없었다. 다행히 일호는 앞만 보고 걸었다. 돌아본다 하더라도 사방이 어두워 짙은 색의 쓰개치마를 두른 서천댁을 볼 길은 없었다. 주의해야 할 것은 소리였다. 서천댁은 일호와 정확히 똑같은 박자로 걸음을 옮기느라 온 신경을 곤두세웠다. 일호는 한참을 가다가 멈춰 서더니, 절벽에 난 길을 따라 내려갔다. 해녀들이 낸 그 길은 높이가 낮은 절벽의 수직 면에 말뚝을 박고 사이사이에 밧줄을 매어 놓은 것이었다. 일호가 해변에 도착한 시점에 서천댁도 밧줄을 부여잡고 절벽 아래로 발을 디뎠다. 단단히 묶지 않은 쓰개치마가 스르르 떨어졌다. 치마는 주인에게 인사를 건네듯 바람을 타고 천천히 허공을 선회하더니 바다 쪽으로 완전히 날아가 버렸다. 주우러 갈 겨를은 없었다. 덮어쓴 것이 사라지니 두 손과 시야가 자유로워져 오히려 움직이기 편했다. 바닷바람은 집 안에서 맞는 바람과 달리 매서웠다. 밧줄을 잡은 손으로 몸무게를 지탱하려니 여린 손바닥에 빨갛게 쓸린 자국이 남았다. 치맛자락을 밟고 몇 번 넘어질 뻔하고서야 서천댁은 평탄한 바위에 발을 디딜 수 있었다. 그런데 일호가 보이지 않았다. 해변가에는 갈 곳이 그리 많지 않을 텐데 이상하다 싶어 주위를 둘러보니 절벽 틈새로 알록달록한 옷을 입은 누군가가 춤추는 것이 보였다. 가까이 다가가 확인하니 동굴 입구에 걸린 화려한 무복이었다. 무복은 해풍을 맞으며 신명나게 펄럭였다. 기역 자로 꺾인 동굴 안에서는 말소리와 빛이 희미하게 흘러나왔다.

루명

서천댁은 동굴 입구에 신을 벗어 두고 치마를 걷어붙였다. 굴 안쪽으로 살금살금 들어가자 일호와 누군가가 대화하는 소리가 들렸다. 멈춰서서 고개를 쭉 빼고 모퉁이 너머를 엿보았다. 흑단나무 주렴 안쪽에 앳된 얼굴의 무당과 일호가 앉아 있었다. 바위 위에 신상을 올리고 내벽에 당화를 걸어 만든 신단엔 촛불이 가득했다. 허름해 보였으나 나름의 구색을 갖춘 기도터였다. 안쪽은 환했지만 서천댁이 있는 곳은 어두우니 가만히 서서 훔쳐본다 해도 눈에 띄지 않을 터였다. 일호는 무당에게 주머니를 세 개 내밀며 말했다.

"저번에 말씀해 주신 대로 머리카락을 얻어 왔습니다. 검은 주머니에 든 게 조카 손녀의 것이고, 푸른색과 붉은색 주머니에 든 게 남자들의 것입니다."

일호에게 조카 손녀가 있다는 이야긴 들어 본 적이 없었다. 서천댁은 당황스러웠다. 무당은 검은 주머니에서 꺼낸 머리카락의 절반만 집은 뒤, 푸른색 주머니에서 꺼낸 머리카락 한 움큼과 함께 태웠다. 그리고 연기가 피어오르는 모습을 읽었다. 서천댁이 보기에도 가늘고 긴 연기였다.

"남자 구실을 잘 못 해. 명줄은 쓸데없이 긴데 평생 외로울 팔자라고 나오니 여자가 제 명대로 못

살지 싶다."

무당은 조카 손녀의 남은 머리카락을, 붉은색 주머니에서 꺼낸 머리카락과 함께 마저 태웠다.

"남자가 영특하고 튼튼한데 평생을 떠돌아다닐 팔자라 남편감으로는 썩 좋지 않아. 어디서 이런 놈들만 골라 왔을꼬?"
"궁합에 아들이 있긴 합니까? 그것만 좀 알려 주시오."
"그것은….'

무당이 대답하려던 찰나 거센 바람이 동굴 안까지 파고들었다. 주렴에 달린 구슬들이 서로 부딪혔고 바람은 구렁이 우는 듯한 소리를 내며 동굴 내부에서 맴돌았다. 주렴 아래의 초 하나가 쓰러져 서천댁의 발치로 굴러왔다. 놀란 서천댁은 불이 붙을까 봐 치마를 무릎 위까지 추켜올렸다. 순간 무당이 동굴 입구 쪽으로 기어 나왔다. 들키는가 싶어 서천댁은 그 자리에 얼어붙었다. 그러나 무당은 서천댁을 본 체도 않고 초를 가져갔다.

"바람이 오늘따라 심합니다."
"그러게 말이야. 가는 길 잘 살펴가셔야겠어."

무당은 자리로 돌아가 태연하게 일호와 대화를 나눴다. 그러곤 신단에 놓인 초로 손에 든 초에 불을 붙여 다시 원래의 자리에다 세워 두었다. 서천댁은 방금 일어난 일이 당최 무슨 일인지 알 수가 없었다. 자신이 서 있는 곳이 아무리 어둡다 해도 맹인이 아닌 이상 코앞에 있는 사람이 안 보일 리가 만무했다. 서천댁은 혹시나 제 육신은 집에 있고 영혼만 이곳에 온 것인지 의심되어 자꾸만 팔을 쓸어 봤다. 오스스 돋아 있는 소름이 생생하게 느껴졌다. 무당은 일호에게 계속해서 공수를 내렸다.

"아들은 있으려다가도 없겠네. 얼마나 덕을 쌓았냐에 따라 낳을 수도 있고 낳지 못할 수도 있을 것인데."

"그럼 어떻게…."

"기도를 올려야지."

일호가 일순 망설이는 기색을 보이자 무당은 첨언했다.

"당연히 직접 오라는 건 아니고, 저어기 영험한 섬에 가서 대신 아들 발원 기도를 해 줄 테니 염소 한 마리 값 정도만 있으면 되는데."

일호는 고민하다 답했다.

"그냥 저번에 약속했던 부적만 써 주시오."

어린 무당은 수완이 좋지 못했다. 무당은 오늘 새벽에 떠 놓은 정수로 손과 얼굴을 씻었다.

신단 앞에 자리를 잡고 앉아 알아들을 수 없는 기도문을 왼 무당은 구석에 놓인 징을 한 번 쳤다. 진동이 용처럼 꿈틀대며 좁은 굴을 빠져나갔다. 부적을 쓰는 데에는 꽤나 복잡한 준비가 필요했다. 무당은 새 초를 밝혀 점상 양옆에 올려 두었고, 경면 주사를 갈아 만든 붉은 가루와 벼루를 놓았다. 족제비 털로 된 붓과, 칠월 칠석에 따서 말린 괴화로 염색한 괴황지도 꺼내 두었다. 붉은 가루를 물에 개어 물감을 만든 무당은 조심스레 소매를 걷고 붓을 쥐었다. 그러곤 얇은 괴황지 위에 한 자 한 자 정성스레 적기 시작했다. 일호는 가만히 앉아 침만 삼키고 있었다. 붓을 놀리는 소리가 듣기 좋았다. 무당은 다 쓴 부적을 신단에 올리고 몇 번 기도를 했다.

"남편 될 사람 속옷에다 덧대어서 입고 다니게 해. 그리고, 집에서 가장 지대가 높은 곳에서 합방을 시켜."

일호가 돈을 내고 부적을 챙기는 사이 서천댁은 기어서 동굴 밖으로 나갔다. 일호보다 먼저 절벽을 올랐다가는 금세 들킬 것 같아 일단 바위 뒤편에 숨었다. 밧줄을 잡고 험한 길에 오른 일호가 시야에서 완전히 사라지고 나서야 몸을 일으킨 서천댁은 잠시 고민했다. 범의 굴에 들어가지 않고서는 범의 새끼를 얻을 수 없다 하지 않았는가. 그러니 귀신을 잡기 위해선 귀신 소굴에 들어가야 한다. 서천댁은 흐트러진 머리를 정리하곤 재차 동굴로 향했다. 이번엔 신을 신고, 주렴 바깥에서 인기척을 냈다.

"들어가도 될까요?"

"오늘은 밤중에 손님이 둘이나 오네. 마을서 입소문이 났는가 봐? 얼른 들어와."

서천댁은 주렴을 걷고 안으로 들어갔다. 아까 펼쳐 두었던 상을 접어 행주로 닦고 있던 무당은 다시 상을 펼쳤다. 그리고 상 맞은편에 방석을 끌어다 놓았다. 방석 위에 앉은 서천댁의 얼굴을 본 무당은 기겁을 하며 물었다.

"얼굴은 왜 그래?"

"제 얼굴이 왜요?"

"담마진이 얼굴을 덮었잖어. 뭐 잘못 먹은 사람처럼."

무당은 적잖이 놀란 듯 서천댁의 얼굴을 이리저리 뜯어보았다. 서천댁이 여전히 영문을 모르는 듯해 무당은 작은 손거울을 건넸다. 서천댁은 거울 속의 제 모습을 보고 심장이 멎는 듯했다. 며느리의 혼수 보자기 속 거울에 비쳤던 것과 똑같이, 얼굴이 온통 붉게 얽어 있었다. 서천댁은 얼굴을 계속해서 긁어 내렸다. 살갗이 떨어지면서 피가 났다. 무당은 눈을 찡그렸다.

"원래, 원래는 이렇지 않았는데…"
"귀신이 만지고 지나갔네."
"귀신이요?"
"어디 더러운 곳에서 기어 나온 역귀가 만지고 지나가면 그렇게 돼. 집안에 우환 있지?"

서천댁은 느리게 고개를 끄덕였다.

"홀렸는지 눈동자가 흐려졌어. 최근 뭐 이상한 거 주워 온 적 있어? 험한 데에 다녀왔다거나."
"며느리를 들이고 나서부터예요."
"며느리라…. 며느리가 오고 나서 무슨 일이 있었는데?"

말하자면 길었다. 서천댁은 무당에게 차근차근 그간 있었던 일들을 털어놓았다. 누군가 대문 앞에 쏟아 놓은 생선들, 이해할 수 없는 꿈들, 밤중에 몰래 외출하는 며느리를 따라 우물 안으로 들어갔다가 얼굴이 얽게 된 이야기까지. 무당은 꿈에 관해 집요하게 물었고 서천댁은 그 내용을 상세히 묘사했다. 한 문어가 물질을 해서 먹고사는 여자아이를 따라다니며 모습을 흉내 내다, 아이가 죽자 아이의 모습으로 외양을 바꾸어 뭍으로 나왔다고. 무당은 혀를 차며 말했다. 영물이네, 영물이 사람 껍데기를 쓰고 올라왔어. 그런 존재에 홀리면 답도 없는 것을….

서천댁은 떨리는 목소리로 물었다.

"그럼 어떻게 해야 좋을까요."

"자네 집안 조상귀를 실어 보지."

무당은 상에 올려 둔 초에 불을 붙였다. 그리고 줄곧 호두나무 점상 구석에 놓여 있던 무령을 쥐었다. 산수유 열매처럼 주렁주렁 달린 금빛 방울들 끝엔 삼색 천이 길게 늘어져 있었다. 무당은 눈을 감고선 무령을 세 번 짤랑였다. 순간 방울의 진동이 몸 안에서 울려 퍼지는 느낌이 들어 서천댁은 몸서리쳤다. 무당은 방울을 쥔 손을 갈수록 격렬하게 흔들었고, 손의 움직임은 곧 팔과 몸통, 목과 머리까지 번졌다. 무당의 몸과 방울은 점점 더 빠르게 진동하더니 한순간 움직임을 멈추었다. 누군가 목에 줄을 달아 인형 다루듯 움직이다 돌연 놓아 버린 것처럼 무당의 고개가 홱 꺾였다. 무령을 쥔 손은 상 위로 떨어졌다. 나무가 쪼개지는 듯한 소리가 났다. 방울의 떨림이 완전히 멎고 나서야 서천댁은 무당이 괜찮은지 확인하려 손을 뻗었다. 그 순간 무당이 고개를 들었다. 눈동자가 그 위로 무언가 한 겹 덧씌워진 것처럼 희뿌옜다. 무당은 손끝을 세워 점상 위를 연거푸 두드렸다. 불안한 박자였다.

"들여선 안 될 것을 들이고 말았구먼."

무당은 지금껏 들은 것과는 확연히 다른 음성을 냈다. 서천댁은 떨리는 목소리로 물었다.

"…… 무엇을요?"
"문어 귀신이 사람 행세를 하고 들어왔어."

서천댁은 그 말에 입을 틀어막고 말았다.

"이미 그것이 다른 귀신들도 불러들여서, 집이 귀신들에게 완전히 먹혀 버리고 말았구먼."
"그, 그럼 어찌해야 좋죠?"

서천댁은 절박해져선 상 위로 넘어가다시피 몸을 내밀어 무당의 옷자락을 잡고 늘어졌다. 무당의 목소리가 점점 잦아들고 있었다. 대답을 듣기 전에 조상들과의 연결이 끊겨선 안 되었다.

"사람 몸을 하고 있을 때 처단해야 해. 안 그러다간 험한 꼴을 본다. 그리고…"

한 음절을 뱉을 때마다 무당의 목소리가 바뀌었다. 젊은 여자 같기도, 나이 든 남자 같기도, 어떤 순간에는 어린아이 같기도 했다.

"그것들은, 항시, 물이 있어야, 살기 때문에…"

무당은 계속 목을 긁으며 켁켁 소리를 냈다. 숨이 막히는지 말이 자꾸만 끊겼다.

루명

"불을, 지르면, 도망간다."

말을 마친 무당은 별안간 눈을 완전히 까뒤집고 씨근거렸다. 아무도 손대지 않은 무령이 스스로 춤을 추듯 떨기 시작했다. 점점 더 커지는 무령 소리가 칼날처럼 서천댁의 고막을 찔렀다. 귀를 막고 웅크리려는데 무당이 벌떡 일어서는 게 보였다. 뒤편에 걸린 그림을 전부 가릴 정도로 몸집을 불린 무당이 상을 넘어 서천댁에게 다가왔다. 그러곤 왜소한 여자의 것이라곤 믿기지 않는 힘으로 서천댁의 목을 조르기 시작했다. 수백 명이었다. 보이지 않는 수백 명의 사람이 서천댁의 목을 옥죄며 비명을 질렀다. 숨이 넘어갈 것 같은 순간마다 서천댁은 눈을 똑바로 뜨려고 애썼다. 문어 귀신을 잡으려 바닷물에 몸을 담그고서도 살아 돌아왔는데 여기서 이렇게 죽을 순 없었다. 서천댁은 있는 힘껏 몸을 뒤틀었다. 무당이 나가떨어지면서 상에 부딪혔는지 촛불이 꺼지고 무령이 떨어졌다.

서천댁의 뇌를 파고들던 비명 소리가 멈췄다. 무당은 갑자기 괴로워하며 뒤로 물러났다. 바닥에 떨어진 방울은 느닷없이 전보다 더 격렬하게 춤을 추기 시작했는데, 그와 동시에 무당의 손은 무언가의 명령을 따르듯 서서히 저 자신의 목을 붙잡았다. 무당은 스스로 목을 조르면서 숨이 넘어갈 것처럼 헉

헉거리다 바닥에 나동그라져 발버둥 쳤다. 서천댁은 당황하여 굴 밖으로 도망쳐 나왔다. 밧줄을 붙잡고 절벽을 오르는 동안에도 귓가에 방울 소리가 울렸다. 언덕을 오르고 대문을 지나 방에 들어가 누울 때까지도 방울 소리는 계속해서 맴돌았다.

*

다음 날 아침, 누군가 신씨 가문의 집 대문을 두드렸다. 사랑에 있던 일호가 가장 먼저 그 소리를 들었다. 사금이가 나가 보겠거니 하여 방 안에 있었는데, 또 어디선가 졸고 있는지 대문이 통 열리지 않았다. 결국 일호가 몸을 일으켰다. 집을 찾아온 사람은 다름 아닌 우체국 직원이었다.

"병원에서 전보를 쳐서 왔습니다. 왕진 다녔던 간호사가 지난번 방문 이후 돌아오질 않았다는데요?"

"그게 무슨 당치도 않은 소립니까. 마지막 왕진이 끝나고 돌아가는 것을 내가 배웅했는데?"

"저야 잘 모르겠습니다만… 실종이 길어지면 알아서 경찰을 불러 조사하든가 하겠지요."

마음이 어딘가 개운하지 못했다. 일호는 지겸을

시켜 언덕길을 내려가 아래쪽을 훑어보고 오라 일렀다. 안개 짙은 날 병원으로 돌아가다, 자전거의 제동 장치가 고장 나 절벽 아래로 곧장 떨어졌을지도 모르는 일이었다. 그 위치가 신씨 가문의 집과 가깝다면 골치 아파질 것이 뻔했다. 지겸은 언덕길과 바닷가 주변을 두루 살펴보았으나 시체는커녕 사고의 흔적조차 발견하지 못했다.

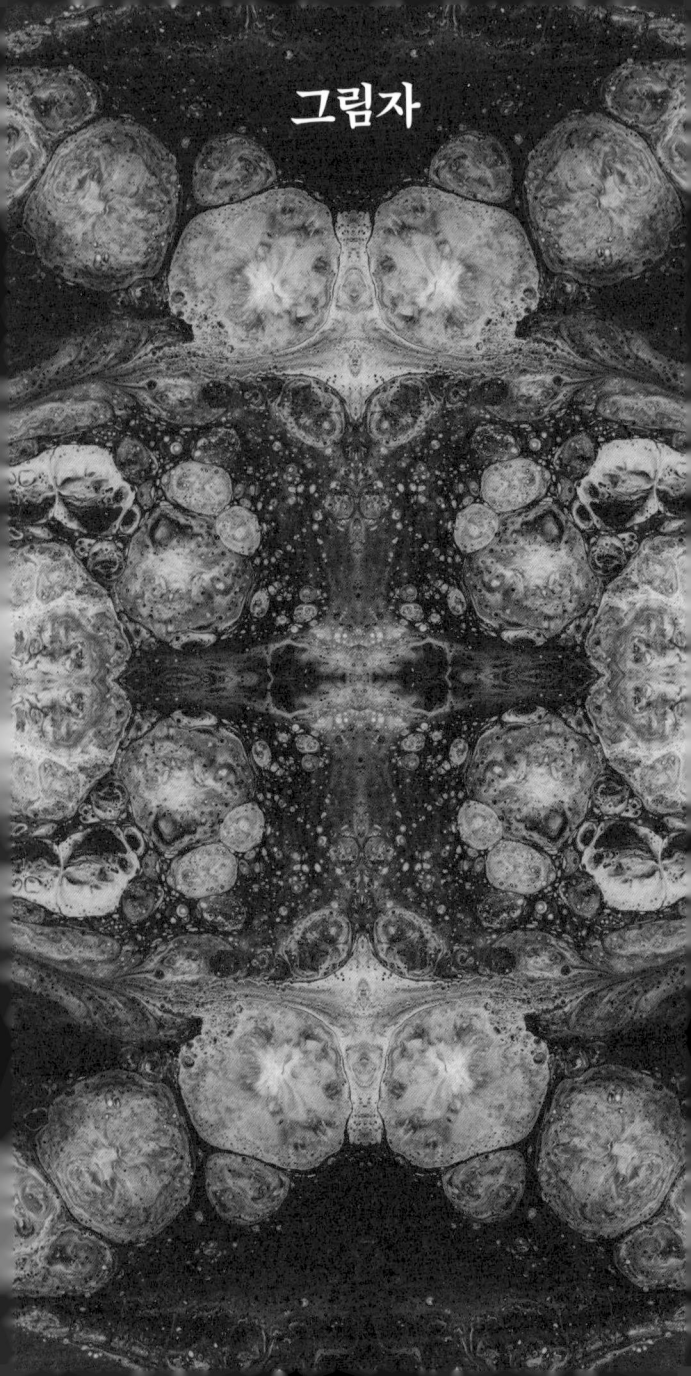
그림자

나는 뭍으로 나온 김에 사람 아이처럼 걸어 보기로 한다. 그간 사람이 걷는 것을 여러 번 지켜보았지만 그대로 따라 하기엔 역부족이다. 나는 두 다리로 문어처럼 걷는다. 무릎은 마구잡이로 휘어지고, 종아리에선 다리 하나가 더 튀어나오기도 한다. 계속해서 걷다 보니 얼추 흉내를 낼 수 있게 된다. 마을 초입에 들어서자마자 갈모를 쓴 사람과 눈이 마주친다. 나는 그대로 멈춰 선다. 그는 재빨리 다가와서 겉옷을 벗더니 나에게 둘러 준다. 그러곤 누가 볼세라 주위를 살피며 나를 데리고 어디론가 간다. 가는 동안 그는 끊임없이 말을 걸어오지만 나는 그저 들을 뿐이다. 마침내 도착한 곳은 길 끝에 있는 커다란 목로주점이다. 안에서 한 여자가 나와 남자와 대화를 나눈다. 여자는 나를 위에서 아래로 훑어보더니, 내 어깨에 손을 얹고 말한다. "앞으로 여기서 먹고 자고 지내는 거야."

여자는 보리밥이나 익힌 생선 같은, 맛없는 음식을 내어 준다. 한밤중 나는 솥에 넣어 삶으려고 내놓은 조개를 발견하곤 광주리에 담긴 것을 모조리 먹어 치우고, 껍데기에 붙은 해초까지 쪽쪽 빨아먹다 여자에게 들킨다. 나를 보는 눈에 두려움이 스며 있다.

얼마 뒤 태풍은 물러가고 육지에선 잔잔한 날들이 계속된다. 분주히 일하는 여자를 지켜보며 나는 울타리 안을 거닌다. 주점에는 매일같이 새로운 사람이 온다. 그러나 내가 이끌렸던 여자아이 같은 사람은 없다. 전부 탁한 눈으로 나를 본다. 그러던 어느 날, 그 아이와 닮은 남자아이가 온다. 그때 그 아이의 눈만큼이나 깊고 검은 눈을 마주한다. 아이는 거침없이 다가와선 나를 똑바로 보며 묻는다. "어디서 왔어?" 무언갈 알고 싶어 하는 마음으로 빛나는 눈동자에는 언제나 속절없이 마음을 빼앗기게 된다.

그런데, 무언가 잊은 게 있지는 않은가?

순간 서천댁은 소용돌이에 빨려들듯 현실로 다시 돌아왔다. 이번에 정말로 두려웠던 것은, 꿈속에서 현실을 완전히 잊을 뻔했다는 것이었다. 소년과 마주했을 때 서천댁에겐 현실에 대한 그 어떤 기억도 미련도 없었다. 영휘도 집도 잊은 채로 언제까지나 그 세계에서 살 수 있을 것만 같았다. 심지어 깨어난 직후에는 꿈속 세계가 사무치게 그립기까지 했다. 죄책감이 들어 서천댁은 일부러 영휘를 찾았다. 영휘는 세상모르고 곤히 자는 중이었다.

서천댁은 일호가 무당에게서 받아 갔던 부적을 떠올렸다. 엿들은 대화대로라면 부적은 신랑인 영휘의 속옷에 덧대어져 있어야 했다. 그러나 영휘에게는 통증 때문에 속옷을 입히지 않는다. 부적은 어디에 있을까. 서천댁은 이불장을 뒤졌다. 맨 위 칸에서부터 내려가며 샅샅이 들춰 보았지만 부적은 나오지 않았다. 일호에게 뭔가 다른 꿍꿍이가 있는 게 틀림없었다. 진료비 부담을 핑계로 더 이상 왕진을 청하지 않겠다더니, 혹시 영휘를 완전히 포기해 버린 것은 아닐까. 지겸과 며느리에게 홀려 서천댁과 영휘를 저버리려는 것은 아닐까. 더 늦기 전에, 이방인들이 가족들의 자리를 꿰차고 집을 차지하기 전에 조치를 취해야만 했다. 무당이 이야기했던 대로 불이라도 질러야 하는 걸까? 안채에 불을 놓았다가 불이 별채까지 번지기라도 한다면, 홀로 걷지도 못하는 영휘는 꼼짝없이 불타 죽는 신세가 될

게 뻔했다. 모르는 새에 영휘의 머리를 쓰다듬는 손에 힘을 주었는지, 영휘가 작게 칭얼거렸다.

"곧 낫게 해 줄 테니 조금만 더 기다리렴."

서천댁은 영휘의 방문을 닫고 별당을 떠났다. 그리고 곧장 며느리 방으로 향했다. 마침 사금이가 낮동안 햇볕에 널어 둔 며느리의 이불을 방 안에 넣어준 뒤 방문을 잠그는 중이었다.

"잠그지 않아도 돼."

사금이는 늘 하던 대로 열쇠를 돌렸고 이내 자물쇠 잠기는 소리가 났다. 서천댁은 미간을 찌푸렸다.

"열쇠 이리 줘 보겠니?"

손을 내밀었지만 사금이는 열쇠를 쥔 채 가만히 있었다. 서천댁을 보는 눈에 두려움이 서려 있었다. 일호처럼, 서천댁이 며느리를 해칠까 걱정하는 눈치였다.

"이리 내라니까. 네가 그러면 내가 열지 못할 줄 알고?"

서천댁이 열쇠를 빼앗으려 손을 뻗자 사금이는 손을 뒤로 숨겼다.

"죄송해요."

사금이는 그대로 뒷걸음질 치며 신을 신더니 안

채를 떠났다. 서천댁은 사금이가 사라진 자리를 노려보다 제 방으로 들어갔다. 오히려 잘된 일이었다. 복면을 씌워 영휘 방에 들여보낸 것처럼, 이런 일은 며느리 얼굴을 보지 않고 저지르는 편이 나았다. 서천댁은 제 방에서 등잔을 가지고 나왔다. 등잔을 며느리 방 문틀에 대고 세게 치니 유리가 깨지며 기름이 흘러나왔다. 기름에 젖은 문틀 위에 불을 놓으니 금세 화르르 타올랐다. 불은 문틀을 타고 번져 장지를 태우고 문살을 까맣게 물들였다. 조금씩 피어오르던 연기는 곧 하늘로 높이 치솟았다. 그런데 불길의 방향이 이상했다. 그 순간 멀리서 연기를 본 사금이가 뛰어들어 왔다.

아래에서부터 타오르던 문은 한순간 불 무더기로 변했다. 서천댁은 그때까지도 멍하니 서 있었다. 무너진 문 너머의 며느리는 구석에 숨지 않고, 문 앞에 가만히 앉아 있었다. 입꼬리가 묘하게 올라가 있는 것 같기도 했다. 물러나라는 사금이의 외침에 퍼뜩 정신이 들었다. 서천댁의 치맛자락에 불이 붙어 있었다. 뒷걸음질 치자 등잔 유리 조각을 밟은 발에서 흐른 피가 마룻바닥에 묻었다. 사금이는 제 겉치마를 벗고 휘둘러 불 무더기를 한 번에 덮었다. 치솟던 기세가 무색하게 불은 바로 꺼졌다. 치마를 들추니 훈기와 잿더미만 가득했다. 사금이는 곧장

그림자

방으로 들어가 며느리를 부축해 데리고 나왔다. 계속해서 기침하는 사금이와 다르게 며느리는 소매로 입을 막았을 뿐 밭은기침조차 내뱉지 않았다. 아까 보았던 입뿐만 아니라 눈가에도 웃음이 걸려 있는 듯했다. 사금이는 며느리를 마루에 앉혀 두고, 서천댁의 손에 들린 깨진 등잔을 빼앗았다.

"방에 들어가 계세요."

서천댁은 가만히 사금이의 말에 따랐다. 발이 절로 움직였다. 자신이 무슨 짓을 벌인 것인지 통 이해가 가지 않았다. 발에 박힌 유리 조각이 점점 더 깊은 곳을 파고드는 듯 발 전체가 욱신거렸다. 일호가 이 일을 알게 된다면 서천댁이 광증 들린 사람이라 확신할 게 뻔했다. 며느리 방문이 아닌 제 방문에 자물통이 걸리게 될지도 모른다고 생각하니 갑자기 후회가 밀려왔다. 그제야 무당의 충고가 떠올랐다. *사람 몸을 하고 있을 때 처단해야 해. 안 그러다간 험한 꼴을 본다.* 너무 섣불렀다. 닫힌 방문에 불을 붙이기 전 며느리의 모습을 제대로 확인했어야 했다.

문에 뚫어 둔 구멍으로 초취가 살금살금 기어들어 자꾸만 코를 간질였다. 서천댁은 아까 보았던 불길을 떠올렸다. 불길은 왜 방 안이 아닌 바깥을 향했을까. 바람이 방을 향해 불었는데도 이상하게 불은 서천댁 쪽으로 번졌다. 불타 무너진 방문 너머의 며느리는 오묘한 표정으로 서천댁을 바라보고 있었다. 마치, 다 알고 있다는 듯이. 서천댁의 수를 다 읽고 있다는 듯이. 그 얼굴은 서천댁의 양 발목을 붙들었다. 사금이가 불을 끄지 않았다면 그 자리에 가만 선 채로 불길에 휩싸여 죽었을지도 모른다. 바다에서 얼마나 오래 썩은 요물이기에 조상들이 무당의 입을 빌려 알려 준 방법도 소용이 없을까.

아직 한 번의 기회가 더 있다고, 서천댁은 생각했다. 며느리를 내쫓을 마지막 기회는 내일모레의 사시제였다. 지금껏 며느리에게 놀아나기만 했으니 이제부터는 몸가짐을 바르게 하고 정신을 똑바로 차려야 했다. 과거의 모든 실수를 사시제를 통해 바로잡아야 했다. 조상들을 배불리 먹여 괴물을 쫓아낼 수 있을 만큼 힘을 보태 주어야 했다. 이번 기회를 놓친다면 며느리가 서천댁을 끝없는 환영 속에 내버려둔 채로 영휘를 앗아 갈지도 몰랐다.

*

사금이는 마룻바닥에 쌓인 잿더미와 유리 조각을 손으로 쓸어 바닥에 버렸다. 매캐한 냄새가 빠지려

그림자

면 시간이 꽤 필요할 것 같았다. 그사이 방문 틈새며 마루판 틈에 끼인 잔해를 물걸레질로 치워야 했다. 그러자면 물을 떠 와야 하는데 머느리와 서천댁을 한 공간에 두고 사당 앞 우물까지 올라가려니 영 마음이 놓이질 않았다. 사금이는 안채와 가까운 우물로 향했다. 우물 뚜껑은 여느 때처럼 굳게 닫혀 있었다. 힘주어 열자 아래에서부터 풍겨 오는 냄새가 평소와 어딘가 달랐다. 연기를 많이 마셔서 그런가 생각하며, 사금이는 두레박을 내려보냈다.

두레박이 무언가에 부딪히는 소리가 둔탁하게 울렸다. 수면 위에 부드럽게 닿은 게 아니라, 우물 속에 있으면 안 되는 것에 닿은 느낌이었다. 사금이는 망설이다 안을 들여다보았다. 순간 고기 썩는 냄새가 코를 찔렀다. 반만 열어 둔 뚜껑의 그림자 탓에 내부가 잘 보이지 않았다. 마침 해가 우물 바로 위에서 내리쬐고 있었기에, 사금이는 제대로 들여다볼 요량으로 뚜껑을 들어 아예 옆에다 치워 두었다. 다시 우물 안으로 고개를 내민 사금이가 본 것은 에스더의 얼굴이었다. 에스더는 진창 속에 가만히 앉아 하늘을 보고 있었다.

사금이가 이 일을 전하자 일호는 오랫동안 침묵했다. 그러곤 지겸과 사금이를 시켜 밤에 시신을 처리하라고 일렀다. 해가 지는 동안 사금이는 묵묵히 안채를 정리했다. 다 타 버린 며느리 방문 아래쪽 절반과 문틀을 치우고, 구석구석 끼인 잿가루를 말끔히 닦아 내고, 환기를 충분히 시켰다. 방문 앞에 떨어져 있는 자물통도 주워 챙겼다. 일호에겐 그저 며느리 방의 화로가 넘어져 방문이 반쯤 불탔다고만 이야기했다. 이제 무엇을 전하고 전하지 않을지 정도는 자신이 정하고 싶었다. 사금이는 며느리를 영휘 방에 재워도 되냐 물었지만 일호는 사시제 전에 동침하면 부정을 탄다며 허락하지 않았다. 이 집의 빈방들은 오랫동안 사람이 생활하지 않은 공간이라 며느리를 옮기기에는 적절치 않았다. 결국 며느리는 문이 위쪽 절반만 남은 방에 그대로 머물게 되었다. 안채엔 화독내가 여전히 배어 있었다. 바람이 잘 통하니 냄새는 금방 빠질 것이고 날이 따뜻해 춥지는 않겠지만 몸을 숨길 수가 없다는 점이 걱정됐다.

*

사금이는 해가 진 뒤 폐우물을 찾았다. 지겸은 이미 기둥에 기대어 서서 기다리고 있었다. 마을 사람들이 집을 찾은 이후로 둘이서 처음 마주하는 자리였다. 지겸은 기다리는 내내 할 말을 생각해 두었지만 막상 사금이의 얼굴을 보니 아무 말도 할 수 없었다. 사금이는 지겸을 본 체도 않고 곧장 두 팔을 걷어붙이더니 굳게 닫힌 우물 뚜껑을 열었다. 금세 시취가 솟구쳐 올랐다.

"썩은 생선도 여기 버렸잖아. 그냥 그대로 두면 안 돼?"

"사람을 먹어 본 것들이 다시 한번 사람 맛을 보러 나오면 안 되잖아."

사금이는 농담 삼아 한 말이었는데 지겸은 겁을 먹은 듯 대꾸가 없었다.

사금이가 도르래에 걸린 밧줄의 매듭을 푸는 사이, 지겸은 사금이가 시킨 대로 기둥에 걸려 있던 녹슨 닻을 내렸다. 둘은 밧줄 끝에 닻을 걸어 우물 아래로 내려보냈다. 회전하던 닻의 움직임이 잦아들자 사금이는 에스더의 머리와 목 사이에 갈고리의 끝을 천천히 걸었다. 마침내 제대로 걸렸다고 판단한 사금이는 말했다. "당겨. 천천히." 지겸은 밧줄을 통해 전해져 오는 무게에 혼이 빠져 버릴 것 같았다. 겨우 밧줄을 당겼으나 바닷물에 절여져 연하게 무른 살이 갈고리 사이를 빠져나가 도로 떨어지는 일이 몇 번이나 반복됐다. 결국 척추 부근에 갈고리를 찔러 넣고 나서야 에스더의 몸을 우물 위로 끌어 올릴 수 있었다. 에스더의 몸이 시야에 들어오자마자 지겸은 고개를 홱 돌렸지만 벌어진 입에서 바다 생물이 쏟아져 나오는 것을 곁눈으로 보고 말았다. 추락해 죽고 나서도 몇 번의 추락을 반복해서 겪은 몸은 너덜너덜했고 눈이 있었던 자리는 한없이 텅 빈 구멍이 되어 있었다.

지겸은 밧줄을 잡은 채 눈을 질끈 감았다. 벌벌 떨고 있는 그를 뒤로하고 사금이는 에스더의 다리를 붙잡아 우물 바깥으로 끌어내렸다.

"이제 놓아도 돼."

지겸은 천천히, 아주 천천히 밧줄을 쥔 손에서 힘을 뺐다. 하지만 젖어서 무거워진 몸이 땅 위에 내려앉을 때 나는 소리를 피할 순 없었다.

"삽 가져와서 땅 좀 파고 있을래? 나는 간단히 염 좀 하려니까."
"집 안에다 묻게?"
"그럼 어디다 묻어? 산에 끌고 가서 묻었다가, 멧돼지가 파헤치거나 약초꾼이 발견해서 일이 커지면? 바다에 버렸다가 해변가로 밀려오면?"
"내가 귀신 같은 걸 믿진 않지만, 그래도 원한 같은 걸 가진다면…."
"생각을 해 봐. 이 집에 어떤 귀신이 많겠어? 당연히 신씨들이야. 제삿밥 잘 얻어먹어 때깔 좋은 그 귀신들이 눈을 시퍼렇게 뜨고 지켜보는데 피 한 방울 안 섞인 객귀가 맥을 추겠어? 얌전히 없는 듯 지내다가 저승으로 가면 그만이지."

없는 살림인데도 제사에 품을 들이는 것이며 집은 무너져 가는 중이어도 사당은 멀끔하게 관리하는 것을 보면 사금이의 말은 그럴듯했다. 지겸은 대충 수긍했다.

지겸이 충분한 깊이로 땅을 파자 사금이는 그를 먼저 방에 들여보냈다. 달빛 아래 시체와 둘이 있자니 기분이 묘했다. 군데군데 찢어지고 살점에 달라붙은 옷을 벗기자 물에 불은 맨몸이 드러났다. 사금이는 마른 수건으로 몸 곳곳에 묻은 흙모래를 닦은 뒤 가지고 온 깨끗한 옷으로 갈아입혔다. 그러곤 안 쓰는 이불 중 가장 좋은 것으로 에스더의 몸을 감쌌다. 사금이는 아까 자신이 지겸에게 했던 이야기를 떠올렸다. 다시 생각해 보면 이 집에서 죽어 나간 사람은 신씨 아닌 사람이 더 많을 터였다. 예전에는 행랑채를 가득 메울 만큼의 일꾼들이 있었다고 하니까. 그뿐이겠는가, 색시는 기본 두셋씩 들였다지. 서로 다른 성씨를 가진 여자들과 원래부터 성씨를 갖지 못했던 사람들이 이곳에서 수도 없이 많이 죽어 나갔을 것이다. 사금이는 죽은 이들이 외롭지 않길 바라며 에스더의 파란 입술 가장자리에 붙은 작은 해초 줄기를 떼어 내었다. 그리고 마지막으로 그 얼굴을 눈에 담은 뒤 구덩이 밖으로 나와 흙을 뿌렸다.

*

지겸이 사랑으로 돌아왔을 때 일호는 방문을 활짝 열고 문가에 앉아 있었다. 눈이 마주친 이상 들어오란 말을 거절할 수 없어 지겸은 일호의 방에 들어갔다. 간소한 주안상이 차려져 있었다. 지겸의 옷에 시취가 살짝 배었는지 일호가 코를 찡그렸다. 둘은 상을 사이에 두고 마주 앉았다. 지겸이 오기 전 먼저 술을 마시고 있던 일호는 빈 잔에 술을 가득 채워 건넸다.

"나도 유랑하며 젊은 시절을 보내 봐서 알지만 나이 들면 누구나 정착할 곳이 필요하지. 그런데 그걸 때맞추어 찾는다는 게 어디 쉬운 일인가."

지겸은 어렵사리 술을 삼키곤 답이 없었다. 일호는 말을 이었다.

"우리 집 며느리 얼굴을 본 적이 있는가?"

그와 동시에 지겸은 밭은기침을 뱉었다.

그림자

"예, 예?"

"며느리 얼굴을 본 적이 있냐고 물었어."

"아니요. 뵌 적 없습니다."

"내 평생 그런 미인은 본 적이 없네. 며느리 방문이 절반 타 버려 안이 들여다보이니 궁금하다면 직접 확인해 보게."

지겸은 일호가 어떤 이야기를 하려는 것인지 어느 정도 눈치를 채고선 침만 꼴딱꼴딱 삼켰다.

"자네는, 이 집안 사람이 될 의향이 있는가?"

일호가 이렇게 바로 본론으로 들어갈 줄은 몰랐다. 술기운과 이 대화가 일으킨 어지러움이 섞여 머릿속에서 징이 울리는 것 같았다. 지겸은 숨을 천천히 내쉬며 되물었다.

"그게 무슨 말씀이신지…."

"이 집 아들의 모습을 본 적이 있을 테지."

일호는 지겸에게 불측한 면이 있음을 잘 알고 있었다. 지겸을 사랑에 둔 것은 거취를 감시하기 위해서이기도 했다. 하지만 지겸이라면 감시의 눈길을 피해 영휘를 분명 보았을 터였다.

"봤으니 알겠지. 그 자리를 대신할 의향이 있는지 묻는 걸세. 영휘 대신 신랑 행세를 하고 신부를 데려왔던 것처럼 앞으로도 그렇게 하면 되는 것이니 어렵지 않을 거야. 신부는 신랑 얼굴을 모르기도 하고, 이젠 완전히 눈이 멀었으니…."

지겸은 대답이 없었다.

"지금껏 합방을 해 왔지만 태기가 보이지 않는 것으로 짐작하건대 영휘는 생식 능력이 없다고 해도 무방하겠지. 그러니 부탁하는 것이네."

일호의 말은 더 이상 지겸의 귀에 들어오지 않았다. 지겸은 술을 마시지 않은 채 술잔을 입에 대고만 있었다. 지겸의 속마음을 눈치채기라도 한 듯 일호의 태도는 구슬리는 것에서 점점 보채는 쪽으로 바뀌었다. 거의 애처로워 보일 지경이었다.

"좀 더 생각해 보고 내일 아침에 답해 드려도 되겠습니까?"

"그래, 그래…."

일호의 몸은 어려운 이야길 꺼내느라 연거푸 마신 술에 취해 점점 기울었다. 흥분한 마을 사람들로부터 일호를 구해 줬을 때처럼 지겸이 일호의 등을 받치고 그를 부드럽게 뉘었다.

"이불에 눕혀 드릴까요?"

"아니, 좀만 더 이러고…."

지겸이 요를 펼치고 지겸을 그 위에 끌어다 눕혀 주었다. 일호는 이대로 자리를 파하는 것이 아쉬워

거부하려다가 이런 손길을 또 언제 받아 볼까 싶어 그대로 몸을 맡겼다. 지겸은 일호의 목 아래에 베개를 넣어 주고 이불을 턱 밑까지 끌어 올려 덮어 주었다. 그러곤 묵묵히 상을 정리했다. 그 모습을 눈에 담으며 일호는 잠들었다.

*

눈을 한 번 깜빡인 것 같은데 어느새 해가 중천까지 솟았다. 밖에선 사금이가 일호를 애타게 부르고 있었다. 일호는 옷매무새도 가다듬지 못한 채 술냄새를 폴폴 풍기며 방문을 열었다. 사금이가 말하기를 아침 댓바람부터 경찰이 뭘 좀 묻겠다고 찾아왔다는 것이었다. 아직 취기가 가시지 않은 탓에 중심을 잡으려면 안간힘을 써야 했다. 대문 앞엔 '봉사와 질서'라는 문구가 적힌 표장을 가슴에 단 경찰 둘이 서 있었다.

"경찰부에서 나왔습니다."

미군정에서 세운 경무부 소속이라지만, 차림새가 순사 제복과 닮아 있어 잠깐 흠칫했다. 일호는 대놓고 달달 떨리는 손으로 경찰이 내미는 노란 종이를 받아 들었다. 꼬깃꼬깃 접힌 종이를 한 번 펼치자 '수배 전단'이라는 글씨가 드러났다.

"이 집 아들이란 제보를 받고 왔습니다. 성씨가 다른 걸 보아 가명을 쓰는 걸 테지요?"

수배 전단을 완전히 펼치자, 누가 보아도 지겸과 똑 닮은 초상화가 드러났다. 심장이 덜컥 내려앉았다. 일호는 그림 아래에 적힌 인적 사항을 읽어 내려갔다.

이름 구지겸, 나이 26세
키 7척 3자, 호리한 체격, 호남형의 얼굴
안경을 착용하는 등 변장할 수 있음에 유의
철도 폭파 사건에 가담한 뒤 도주한 공산주의자
여러 지역에서 공산주의 조직 설립에 적극 일조
불온서적 소유 및 복제 배포…

전단을 쥐었던 손에서 힘이 쫙 빠져나갔다. 전단은 일호의 손아귀를 떠나 팔랑이다 사금이의 발치에 떨어졌다. 일호는 느닷없이 집 안으로 달려갔다. 그러곤 신발을 신은 채로 마루 위에 올랐다. 지겸이 묵던 방의 문을 열어젖히자 텅 빈 방이 일호를 맞았다. 가지런히 갠 이불 위엔 책 몇 권이 놓여 있었다.

사금이는 흙바닥에 나뒹구는 수배 전단을 주워 들었다. 한 장짜리 종이는 그의 죄목을 전부 담기엔

그림자

너무나도 좁았다. 빼곡히 적힌 글자들 위에 그려진 지겸의 얼굴만은 확실히 그의 것이라 짐작할 수 있었다. 실물보다 조금 못생긴 그 그림을 보고 사금이는 살짝 웃었다. 경찰이 의아하다는 표정을 지었다.

"왜 웃으십니까?"

"그 아들놈이……"

사랑에서 일호가 길게 우는 소리가 들려왔다.

"어젯밤 우리 집 땅문서며 온갖 패물을 다 들고 튀었습니다."

경찰들은 벙찐 표정으로 사금이를 따라 집 안으로 들어갔다. 일호가 찢어 던진 책들이 마루를 넘어 마당까지 널려 있었다. 경찰 한 명이 책을 들어 이리저리 펼쳐 보았다. 다른 한 명은 사금이의 안내에 따라 비어 버린 일호의 금고 안을 확인했다. 일호는 이상하게도 울면서 속옷 하나를 꼭 쥐고 있었다.

경찰들은 이만하면 더 볼 것 없겠다는 데 의견을 모았다. 어려서 도시로 유학 간 청년은 생각의 기틀을 잡아 줄 부모님이 부재한 가운데 불온한 사상에 심취했다. 결혼을 위해 오랜만에 고향에 돌아온 청년은 결국 씨만 남겨 둔 채 집의 재물을 싸 들고 도망쳤다. 임신한 아내도, 어머니도 버려두고…. 청년은 어딘가에서 재산을 탕진해 가며 무의미한 싸움을 지속하다 객사할 것이다. 그럴듯한 이야기가 만들어지면서 경찰들은 돌아갔고 상황은 종료되었다.

*

일호는 울다 술 마시고 술 마시다 또 울기를 반복한 끝에 거나하게 취했다. 그러곤 망령처럼 집 안 이곳저곳을 배회했다. 서천댁은 그런 일호에게 눈길 한번 주지 않고 부엌에서 분주히 음식을 준비했다. 언젠가부터 사금이가 보이지 않았지만 그런 걸 신경 쓸 겨를이 없었다. 사시제 전날은 워낙 바빴다. 혼자서 제기를 닦고 음식을 올리려니 손이 한참 모자랐다.

사당 근처 우물 앞엔 화려한 제찬이 차려졌다. 다음 날 해가 뜨면 밤사이 배불리 먹고 기운 낸 조상들의 공력으로 문어 귀신을 몰아낼 수 있을 거라고, 서천댁은 굳게 믿었다. 사시제가 특히나 까다로운 제사인 이유는 조상들이 밤새도록 식사하는 동안 촛불이 꺼지지 않게 내내 지켜야 하기 때문이었다. 서천댁은 우물에서 맑은 지하수를 한 그릇 떠서 상에 올린 뒤 초에 불을 붙이려 가져온 호롱을 열었다. 그때 아래쪽에서 발소리가 들려왔다. 풀숲

사이로 엿보니 일호가 사당으로 이어지는 돌계단을 오르고 있었다. 서천댁은 호롱불을 불어 끄고 우물 뒤편에 숨었다. 얼마 뒤 일호가 비척대며 사당 앞에 도착했다. 그런데 그는 혼자가 아니었다. 일호에게 손목을 붙잡힌 며느리를 보고, 서천댁은 놀라서 주저앉을 뻔했다. 며느리는 일호에게 끌려가면서 서천댁이 숨어 있는 쪽을 보았다. 눈이 멀었다고 했으니 우연이었겠지만, 왠지 모르게 눈이 마주친 듯한 기분이 들었다.

일호는 거침없이 사당 문을 열고 며느리를 들여보낸 뒤 뒤따라 안으로 들어갔다. 가져온 등불로 안을 밝혔는지 둘의 그림자가 훤히 비쳐 보였다. 덕분에 서천댁은 기둥 옆에 숨은 채로 그들의 동태를 읽을 수 있었다. 사당엔 네 개의 자리가 마련되어 있었다. 고조부, 증조부, 조부 그리고 빈 한 자리. 몇 년 전 현조부의 위패를 옮기며 일호가 만들어 둔 자리였다. 일호는 그곳이 제 자리라 여겼다. 일호는 며느리가 앞을 못 본다는 사실도 잊고 가장 왼편에 놓인 위패부터 하나하나 만지며 말했다.

"여기 네 개의 자리가 보이지. 집 모양으로 생긴 데에는 이유가 있으니, 죽어서 가는 집인 셈이다. 여기는 고조 대의 조상님들, 그 옆은 증조…."

며느리는 구부정하게 서서 일호의 움직임을 따

라 고개를 돌렸다.

"여기 계신 조부는 나와 같은 세대이고 더 어렸지만 일찍이 돌아가셨지. 그리고 내가 죽으면,"

맨 오른쪽 자리 앞에 선 일호는 비어 있는 위패를 오랫동안 쓰다듬었다.

"여기로 가게 된다. 그런데 네가 임신을 하지 못했으니, 이제 누가 제사를 지내 주겠니…."

그러면서 일호는 작게 앓는 소리를 냈다.

"너를 질책할 생각은 없다. 하나뿐인 아들이 그 모양인 걸 어쩌겠느냐. 원래부터 큰 기대는 없었다. 상황이 이렇게 되고 보니 이 집안의 핏줄인 내가 아직까지 살아 있는 것은, 그리고 이 집과 연이 닿은 것은, 다 큰 뜻이 있어서라는 걸 이제서야 알겠다. 그러니 우리 모두를 위해 이렇게 할 수밖에 없다는 걸…"

일호는 며느리의 어깨를 짓눌러 바닥에 앉히곤 슬며시 밀어 눕혔다.

"너도 이해하지?"

며느리가 움직이지 못하도록 목을 틀어쥔 채 한 손으로 바지춤을 푸는 일이 쉽지는 않았다. 며느리는 저항하지 않고 일호 너머의 어딘가를 응시했다.

그림자

그 모습을 본 서천댁은 지난번 합방을 훔쳐보던 때가 떠올라 살짝 소름이 돋았다. 일호의 몸에 비해 큰 속옷이 힘없이 흘러내렸다. 부적이 어설픈 바느질로 덧대어져 있었다. 그 순간,

번개가 침과 동시에 천둥소리가 울렸다. 일호는 그 자리에 얼어붙었다. 세상이 한 번 번쩍일 때 본 며느리의 얼굴은 꼭 독이 올랐던 서천댁처럼, 영휘처럼 울긋불긋했다. 그러나 번갯불이 사라진 뒤 다시 보니 언제 그랬냐는 듯 무결하고 아름다운 상태로 돌아와 있었다.

"왜 그러세요?"

며느리가 걱정 어린 표정으로 물었다. 새까만 눈동자는 일호를 뚫어지게 보고 있었다.

"아, 아무것도 아니다."

며느리의 눈을 피한 일호는 불현듯 자신에게 맨처음 소박 맞은 처녀 이야길 들려주었던 이방인을 떠올렸다. 맑은 날 삿갓을 쓴 채로 물을 뚝뚝 흘리던 모습, 약속한 날짜에 가마를 가져다 두면 처녀를 데려와 주겠다고 속삭이던 축축한 목소리까지…. 왜 이상하다고 생각하지 못했을까.

"그런데 너, 언제부터 말을…."

언제부터였을까. 언제부터 홀린 것일까. 서천댁

이 문어 꿈을 꾸었다고 했을 때 왜 대수롭지 않게 여겼을까. 일호가 생각에 빠져 있는 사이 사당이 진동하기 시작했다. 맨 먼저 고조부의 위패가 떨어져 바닥에 굴렀다. 위패, 촛대, 제수들이 제자리에서 떨다가 곧 중심을 잃고 바닥으로 곤두박질쳤다. 일호는 바지를 제대로 입는 것도 잊고 급하게 기어 도망치려다 자신의 몫으로 남겨 둔 빈 위패를 머리에 맞고 정신을 잃었다.

*

지겸은 그림자에 숨어 움직였다. 경찰들을 따돌리느라 관처럼 좁은 동굴 안에서 하루를 보내고 나오는 길이었다. 아침에 일어나 보니 겨드랑이 사이에 갯지렁이가 끼어 죽어 있었던 것이 못내 찜찜했다. 옷에선 바다 비린내와 땀에 전 내가 동시에 풍겼다. 해변엔 풍어굿을 준비하느라 띄워 둔 방주가 있었다. 새까만 허수아비 용왕이 바닷바람에 흰 수염을 날리며 선두에 우뚝 서 있었다.

지겸은 마침내 야산 초입의 집에 도착했다. 담장 둘레를 따라 대나무가 빼곡히 심어져 있었다. 지겸은 이전에 일호로부터 한 의원 이야기를 유심히 들은 적이 있었다. 신씨 가문 식구들을 아주 오랫동안 보아 왔다는 장님 의원. 앞을 볼 수 없기에 안심하고 영휘를 맡겼으나 이상한 민간요법을 늘어놓기만 해서 차도가 없었다고. 지겸이 찾아온 이 외딴 집이 바로 그의 거처였다.

"계십니까?"

"누구요?"

"섬에서 나온 간호사입니다. 하룻밤 재워 주실 수 있을런지요?"

안에서 버석거리는 소리가 들렸다. 한참이 지나 의원이 모습을 드러냈다. 두 눈동자가 서로 딴 곳을 보고 있는 것이 정말로 앞을 못 보는 모양이었다.

"이런 외진 곳까지 어인 일이신가?"

"신씨 가문네 집에 왕진 갔다가 돌아가는 길에 물때를 놓쳤습니다. 마을 사람들에게 도움을 청하자니 다들 꺼려해서요. 언덕길을 다시 오르긴 힘들겠고, 노숙할 결심을 하려던 차 생각이 나서 찾아왔습니다. 이해해 주실 것 같아서…."

의원은 따라오라며 앞장섰다. 대나무 군락을 지나니 좁은 마당과 단출한 집이 나왔다. 의원은 신을 벗고 잘 닦인 마루 위로 올라섰다. 마루 끝의 방문을 여니 작은 방 하나가 나왔다.

"예서 묵게. 그런데 신 씨네 집에는 여자 간호사가 오간다는 얘길 들었는데?"

"아, 그 친구."

그 말 한 마디에 지겸의 마음속에서 도르래가 당겨졌다. 굳게 닫힌 우물 안에 넣어 두었던 에스더의 얼굴이 도르래에 걸린 밧줄을 따라 올라와 불쑥 모습을 드러냈다.

"그 친구는 호열자로 의심되는 증상을 보여 제가 대신 가게 되었습니다."

지겸은 떨리는 목소리로 한 자 한 자 눌러 뱉으며 에스더의 몸을 도로 우물에 넣고 뚜껑을 꼭 닫았다.

"얼른 나았으면 좋겠군."

의원은 이불장 맨 위에 놓인 이불을 꺼내 펼쳤다. 소박한 물건이었으나 관리가 잘되어 있는지 좋은 향이 났다. 지겸이 어쩔 줄 몰라 하며 도우려 했으나 의원은 어디에 무엇이 있는지 다 아는 듯 능숙하게 움직였다.

"그나저나 신 씨네 집에 오래 왕래하셨다고 들었습니다."

"그랬지. 아드님은 요즘 차도가 있으신가?"

"혼례를 치르고 나서 한층 상태가 좋아진 것 같기는 하네요. 집에서는 자식만 보고 나면 바로 입원시킬 계획이랍니다."

"에휴… 입원은 무슨. 다들 뭘 모르고 하는 소리야. 그 애의 살은 바닷물에 계속 닿아 있어야 생기를 유지할 수가 있다고. 눈먼 사람한테 암만 책을 들이밀어 봐, 읽을 줄 아나. 나는 사람을 만져 가며 이 일을 배웠어. 그 애도 방구석에 넣어 두는 게 아니라 무레질이라도 하며 살게 했으면 다른 사람들보다 두 배는 일을 잘했을 텐데. 그런 집에 태어난 게 어찌 보면 독이야, 독…."

잠깐 정적이 흘렀다.

"그런데, 그 집 며느리 맥이 참 이상하지 않아?"
"… 어떻게 이상한데요?"
"겹쳐졌다가, 흩어졌다가…. 왜 자네가 다니는 병원이 있는 섬으로 난 길에, 물이 들어찰 때면 양쪽에서 파도가 치잖아. 마치 그 소리처럼…."

떠오른 소리를 음미하는 듯 의원은 말을 줄였다. 그의 이야기에 귀 기울이다 보니 지겸의 머릿속에도 풍경이 절로 펼쳐졌다. 자전거를 탄 에스더가 물이 들어차는 길을 빠져나온다. 파도가 한 겹, 두 겹 덮인다. 가까이 온 에스더의 두 눈은 바닥 없는 구멍처럼 비어 있다. 두 눈을 잃은 에스더는 자전거를 탄 채 계속해서 달린다….

"그런데 자네 심장은 왜 그렇게 빨리 뛰는가?"

정신을 차리고 보니 정말로 심장이 아플 만큼 빨리 뛰고 있었다. 의원은 촛불을 집어 껐다.

"밤중에 마음이 소란하면 몸에 좋지 않으니 따뜻한 물 한 그릇 들고 얼른 주무시게."

의원의 말대로 했으나 지겸은 쉽게 잠들 수 없었다. 달이 밝은 날이었건만 높게 자란 대나무 탓에 그 빛이 집 안까지 닿지는 못했다. 완전한 어둠 속에 있다 보니 소리에 한껏 예민해졌다. 저 눈먼 의원이 감각하는 세상이 이런 느낌일까. 담장 밖에서 오는 소리들은 숲에 묻혔다. 집 안에서 들을 수 있는 것은 댓잎이 서로 비벼지며 사박거리는 소리와 지겸이 뒤척이며 내는 소리뿐이었다. 간신히 잠을 청해 보려는데 이파리들 사이로 삐져나온 조그마한 소리 하나가 지겸의 신경을 거슬렀다.

사람이 속삭이는 소리 같았다. 속삭임은 점점 커져 웅성거림이 되었다. 당황하여 방문을 열고 내다보니 대나무 숲 사이로 언뜻 빛까지 비치고 있었다. 제멋대로 획획 움직이는 것으로 보아 도깨비불인가, 그렇다면 지금 담장 밖에 죽 늘어선 것들은 사람 홀리러 온 도깨비 무리인가 싶어 지겸은 눈을 찡그렸다.

그림자

*

 사당 문 밖에 인영이 드리워졌다. 곧 문이 열리고 며느리가 나왔다. 치마 안에 있는 게 사람 다리가 아니라 다른 어떤 것인지, 며느리는 미끄러지듯 계단을 내려갔다. 며느리가 시야에서 사라지고 나서야 서천댁은 사당 처마 그림자 바깥으로 나왔다. 해무가 짙은 날이었다. 대문 바깥도, 그 너머에 있을 바다도 보이지 않았다. 그야말로 집 전체가 구름 위를 날고 있는 듯한 풍경이었다. 서천댁의 마음도 함께 부유했다. 희끄무레한 장벽 너머의 달빛이 어렴풋이 집 안을 비췄다. 서천댁은 안개 속에서 한 걸음 한 걸음을 조심히 내디뎠다. 안채까지 내려가는 길을 걷는데 꼭 꿈속에서 헤매는 것 같이 몽롱했다.

 감에 의존해 걷다 보니 어느새 불타 버린 며느리 방문이 보였다. 서천댁은 마루에 올라섰다. 그러곤 슬며시 며느리 방의 문지방을 넘었다. 여전히 탄내가 지독했다. 문의 절반이 사라진 방 안은 훈기 하나 없이 서늘한 밤공기로 가득했다. 며느리는 벽 쪽을 보고 앉아 있었다.

 "방이 많이 춥구나."

 며느리는 대답 대신 서천댁의 목소리가 들려오는 방향을 쳐다보았다. 서천댁은 며느리 앞에 무릎을 꿇고 앉아 손으로 며느리의 뺨을 감싸쥐었다. 그러고 있자니 며느리를 맞은 첫날이 생각났다. 며느리의 두 눈은 여전히 맑았지만 서천댁의 감상은 그때와는 사뭇 달라졌다. 뭐라 해야 할까, 조금, 옛날의 자신이 떠오르는 것도 같았다. 괜한 생각이었다. 서천댁은 준비한 대사를 건조하게 읊었다.

"오늘은 함께 자자."

며느리는 서천댁의 손을 잡고 안방으로 들어왔다. 미리 펼쳐 둔 요는 두 명이 눕기엔 살짝 비좁았다. 서천댁은 방문을 굳게 닫고, 먼저 한쪽 벽에 바짝 붙어 모로 누웠다. 며느리도 뒤따라 반대편을 보고 누웠다. 서천댁은 이불을 펼쳐 며느리에게 덮어주며, 며느리의 뒤통수를 바라보았다.

쪽 찐 머리의 결이 나선을 그리는 모양을 보며 서천댁은 꿈속에서 흔들리던 바다풀들을 떠올렸다. 손을 뻗어 헤쳐 보고만 싶었다. 너는 무엇 때문에 그 숲을 버리고 여기로 왔니? 그 무한한 자유를 포기하고 족쇄를 차기로 선택한 이유가 대체 뭐야? 마음속으로 중얼댄 이야기를 듣기라도 한 듯, 며느리가 서천댁 쪽으로 돌아누웠다. 순간 서천댁은 숨을 참았다. 며느리는 이불을 둘의 머리끝까지 올려 덮었다. 완전한 암흑이 찾아왔다.

그림자

서천댁은 어느새 깊은 바닷속에 있었다. 발광하는 해파리 수십 마리가 주변을 감쌌다. 빛줄기가 비쳐 드는 곳을 향해 헤엄쳐 잔잔한 물결이 이는 수면 위로 몸을 내밀어 보니 하늘에 뜬 보름달이 보였다.

"내가, 지금도 꿈을 꾸고 있구나."

서천댁이 헐떡이며 말했다. 며느리가 입을 다문 채로 대답했다.

"꿈이 아니에요."

며느리의 목소리는 공기를 타지 않고 머릿속에서 울려 퍼졌다. 서천댁은 눈을 꼭 감은 채 붕 떠 버린 감각을 육체에 붙들어 매려 노력하며 이불을 젖혔다. 숨이 턱 막히고 발밑이 꺼지는 느낌을 받으며 힘주어 눈을 뜨자 주변을 감싸고 있던 환영은 사라지고 없었다. 며느리는 가만히 눈을 감고 있었다. 숨을 내쉴 때마다 어깨가 살짝씩 들썩였다. 정신을 다잡으며, 서천댁은 베갯잇에 꽂아 두었던 바늘을 뽑았다.

*

마을 사람들은 방주가 있는 해변에 모여 있었다. 어부들은 짚으로 만든 허수아비들을 줄줄이 날라 와

모래밭에 꽂았다. 허수아비들 사이에선 모닥불이 피어올랐다. 무당은 방주 선두에 기울어진 채로 서서 사람들을 굽어보는 검은 용왕의 수염 한 가닥을 똑 떼어 모닥불 속으로 던졌다. 그러자 조그맣던 불길이 7척도 넘게 치솟았다. 마을 사람들은 그걸 보고 탄성을 내질렀다. 불길은 날름거리며 허수아비들에게 옮겨붙었다. 굿판이 무르익자 사람들은 웃옷을 벗어 던지고 제자리에서 춤을 추었다. 펄쩍펄쩍 뛰어오르고 있는 무당의 눈은 자꾸만 까뒤집히다 한순간 원래 모습으로 돌아왔다. 절벽 너머에 걸린 운무 덩어리를 쳐다보는 눈동자엔 무언가 한 겹 덧씌워져 있었다. 무당의 목에는 손으로 졸랐던 흔적이 선명했다.

"괴질은 저기에 있다!"

굿을 지켜보던 마을 사람들은 일제히 무당이 가리킨 곳을 바라보았다. 그때 산 뒤편에서 강한 바람이 휘돌아 절벽에 걸려 있던 운무가 물러갔다. 하늘로 이어지는 듯 높다란 절벽 길, 그 위에 신씨 가문의 집이 있었다.

그림자

*

사금이는 망원경으로 굿이 벌어지는 광경을 살폈다. 독서회 장소인 동굴 입구는 갖가지 짐들로 부산스러웠다. 그 앞바다엔 조그마한 나룻배 한 척이 정박되어 있었다. 배에다 짐을 쌓아 올리던 청년이 사금이에게 물었다.

"꼭 이렇게 급하게 오늘 움직여야겠어?"
"보름달이 뜨는 날은 조황이 부진해서 배가 안 떠. 그러니 단속선도 없겠지. 바다 신들이 큰 고기로 둔갑해 물고기들로 식사를 하느라고 고기가 안 잡힌대."

사금이는 높은 바위에서 깡충 뛰어내리곤 간이 계선주에 매 두었던 밧줄을 풀었다.

"하지만, 진짜로 큰 고기를 잡고 싶으면 보름달이 뜨는 날에 나가라고 그랬어. 그런 날엔 잡기만 하면 월척이라고."

청년은 으스스한 듯 팔을 쓸었다.

"그런데, 구가는 언제 오는 거야? 올 때가 한참 지났는데."
"오지 않으려나 보지."

사금이는 밧줄을 배 안에다 던져 넣으며 말했다.

"기다릴 시간 없어. 먼저 출발하자구."

*

잠에 빠져들려던 순간 서천댁은 허벅지를 바늘로 있는 힘껏 찔렀다. 아랫입술을 꽉 깨물어야 할 만큼 아팠다. 하지만 그만큼 세게 찌르지 않으면 몰아낼 수 없는 졸음이었다. 며느리를 건넌방에 두었을 땐 불안해서 매일 밤 잠을 설쳤는데, 이상하게 바로 옆에 누워 있자니 자꾸만 몸이 나른해지고 편안해졌다. 허벅지 위로 피가 송골송골 맺히는 사이 또 눈이 감기려 들어 바늘을 고쳐 잡는데, 며느리가 몸을 일으키는 것이 느껴졌다. 서천댁은 눈을 가늘게 떴다. 이부자리에서 빠져나간 며느리는 조용히 방문을 열더니, 늘상 삐걱거리는 마루 위를 소리도 없이 걸어 댓돌 아래로 내려갔다. 거리가 적당히 벌어질 때까지 서천댁은 숨을 죽이고 기다렸다.

한참 뒤에야 서천댁은 며느리를 따라나섰다. 며느리가 지나간 자리엔 전처럼 기이한 물 자국이 남아 있었다. 자국을 따라간 끝에 도착한 곳은 폐우물 앞이었다. 폐우물 뚜껑이 반쯤 열려 있었다. 서천댁은 뚜껑을 완전히 열고 안쪽을 내려다보았다. 구름

그림자

에 가려져 있던 보름달이 전신을 드러내며 수면에 비친 서천댁의 머리 뒤에서 빛났다. 그 모습을 보고 용기를 얻은 서천댁은 줄곧 기둥에 걸려 있던 닻을 힘겹게 내려 어깨에 걸었다.

서천댁은 두레박을 타고 이끼가 잔뜩 낀 돌벽을 짚으며 아래로 내려갔다. 지난번과는 달리 바닥엔 맑은 물이 가득 들어차 있었다. 차가운 물 표면에 닿은 발은 살짝 움츠러들었다가 곧 바닥을 힘주어 디뎠다. 야광충들은 서천댁이 일으킨 작은 파문을 따라 이리저리 떠다니며 우물 안을 밝혔다. 무너진 우물 벽면엔 한 사람이 겨우 빠져나갈 만한 구멍이 있었다. 전에 보았던 자연 동굴로 향하는 것임이 분명했다. 역시 그때의 일은 꿈도 환영도 아니었던 거야, 생각하며 서천댁은 구멍 안으로 몸을 밀어 넣었다.

서천댁은 치맛자락을 손에 쥐고 앞으로 나아갔다. 호롱불은 없었지만 야광충들이 나아갈 길을 환하게 밝혔다. 걸음을 내디딜 때마다 바닷물이 푸르게 빛났다. 동굴 안의 경사가 가팔라져 서천댁은 네발짐승처럼 기어야만 했다. 소매가 더러워지고 손바닥이 긁혀도 서천댁은 계속해서 앞으로 갔다.

*

일호는 사당 안에서 눈을 떴다. 가장 먼저 눈에 들어온 것은 반쯤 벗겨진 바지였다. 서둘러 옷매무새를 정리하고 머리를 매만지는데 이마에서 흘러나온 피가 끈적하게 손에 묻어 나왔다. 무당 말대로 쓸데없이 명줄 하나는 길구나. 일호는 제 운명을 저주하며 떨어진 위패들을 하나하나 주워 제자리에 두었다. 만신창이가 된 몸을 이끌고 사당 밖으로 나가려니 짙은 안개 너머로 횃불을 든 무리가 보였다. 시야는 탁했지만 수런대는 소리는 습한 공기를 타고 더 잘 전해져 왔다. 일호는 휘청거리며 기둥을 짚었다. 올 것이 왔구나. 15년에 걸쳐서 틀어진 마음은 되돌릴 길이 없었다. 그저 폭풍처럼 집 안을 쓸고 지나가길 기다려야 할 것이었다. 하지만 이곳 사당만은 파괴되어선 안 되는 곳이었다. 일호는 사당의 모든 문을 걸어 잠그고 불을 껐다. 그리고 집안 조상 중 무신이셨던 분의 위패 앞에 놓여 있던 칼을 챙긴 뒤 숨을 곳을 찾았다. 족보를 보관해 두는 사당 뒤편의 감실이 적당해 보였다. 사람 하나가 들어가기엔 몹시도 비좁아 오래된 족보 몇 권을 끄집어내야 했다. 맨 아래에 놓여 있던 족보는 오랜만에 사람의 손길이 닿자 표지부터 잘게 부서졌다.

그림자

칼을 쥔 일호는 어부들의 무리와 대적할 순간을 숨죽이며 기다렸다. 잔뜩 굽힌 등이 결리고 다리가 저려 왔다. 발소리가 가까워졌다. 장지문 너머로 밝은 빛이 어른거렸다. 횃불을 든 어부 둘이 어느새 사당을 찾아낸 것이었다. 일호는 손에 난 땀을 급하게 옷에 닦고 칼자루를 고쳐 쥐었다. 그러나 어부들은 감실 안으로 들어오지 않았다. 문을 열려는 시도조차 없었다. 귀를 기울이니 타닥타닥 나무 타는 소리가 들렸다. 사당 입구의 기둥에서부터 불길이 치솟고 있었다. 불은 금세 장지문에 옮겨붙었다. 창호지와 문살이 화르륵 타면서 쏟아져 내렸다. 일호는 반대편 문으로 빠져나가려 했으나 아까 단단히 묶어 둔 문고리의 매듭이 쉽게 풀리지 않았다.

사랑도, 안채도, 창고도, 곳간도 모두 텅텅 비어 있다는 것을 확인한 어부들은 미칠 지경이었다. 낫으로 벤 가마니에선 벌레 먹은 쌀만 잔뜩 흘러나왔다. 어느 방을 뒤져도 사람이 나오지 않았다. 15년 전 그날처럼 모두 증발이라도 했단 말인가. 겨우 한 줌 남은 이 집 가족들이 넓은 집 어딘가에 은신해 있지 않을까 싶어 어부들은 사랑부터 불을 붙였다. 그러곤 동쪽으로 이동하며 집을 다시 훑었다. 얼마 뒤 가장 깊은 곳에 있는 별당에서 두 어부가 무언가를 발견했다. 그들은 가운데 방의 문을 열어젖히고 선 그대로 서 있었다.

"사람인 것 같은데…."

둘은 난처한 눈빛을 교환했다. 그러나 이미 기둥에 불을 붙인 뒤였다. 나이 든 어부가 조용히 문을 닫고 먼저 뒷걸음질 쳐 물러났다. 젊은 어부도 곧 뒤를 따랐다.

어부들은 안채의 옷장이며 뒤주를 하나하나 열어 보며 며느리를 찾았다. 그러나 자취 하나조차 나오지 않았다. 머리채 잡혀 끌려온 지겸을 앞세워 장독까지 일일이 깨뜨려 보았지만 장류가 고여 있던 물과 함께 흘러나올 뿐이었다. 어부들은 지겸의 목덜미를 쥐고 질질 끌고 가 그의 얼굴을 우물 안에 처박았다. 그리고 집안 사람들이 어디에 있는지 대지 않으면 우물에 빠뜨려 버리겠다며 협박했다. 에스더의 영혼이 우물 바닥에서부터 솟아올라 지겸의 몸을 그대로 관통한 듯 전신에 냉기가 퍼졌다. 지겸은 비명을 지를 힘도 없이 축 늘어져 살려 달라고 중얼거렸다. 잔뜩 갈라진 목소리가 우물 안에서 맴돌았다. 그때 지겸의 목을 붙잡고 있던 어부가 우물에서 스며 나오는 짠바람 냄새를 맡았다. 얼마 뒤 어부들은 우물 안에서 우글거리는 야광충 무리를 보고 소리쳤다. 우물이 바다와 연결되어 있다고.

*

서천댁은 아직도 동굴 안에 있었다. 양손과 맨발 모두 석화, 따개비, 고둥 같은 날카로운 것들에 긁혀 피가 뚝뚝 흘렀다. 그런가 하면 말미잘, 민챙이, 불가사리나 군소 같은 물컹한 것들을 밟고 미끄러질 뻔한 적도 여러 차례였다. 둘러멘 갈고리의 날은 무뎌질 대로 무뎌져 있었으나 점점 어깨를 무겁게 짓누르는 것이 곧 살 속을 파고들 것만 같았다. 이를 악물고 속도를 내어 달리다 보니 바늘구멍만 한 빛이 보였다. 빛은 점점 환해졌고 어느덧 동굴의 끝에 이르렀다.

밖으로 빠져나오자 새벽 어스름이 내려앉은 해변이 눈앞에 펼쳐졌다. 하늘에 점점이 박힌 별들이 물러가고 해변에 머물던 야광충들도 빛을 잃어 가는 중이었다. 바위틈 사이 훤히 드러난 모래밭 위로 아주 조금씩, 물이 찰랑대며 들어차는 움직임이 보였다. 만조 때가 다가오고 있었다.

바다와 뭍의 경계 위에 며느리가 서 있었다. 가만히 바다 쪽을 바라보던 며느리는 이제 숨기지도 않고 요사스러운 기운을 뿜었다. 하얀 속저고리와 속치마 바깥으로 희미하게 푸른빛이 스며 나왔다. 치맛자락 아래로 드러난 연하고 무른 수족이 물결에 나풀거렸다. 서천댁은 정신을 다잡기 위해 무당의 말을 떠올렸다. 사람 몸을 하고 있을 때 찔러야 한다. 그러지 않으면 험한 꼴을 본다. 서천댁은 닻을 어깨에서 내려 갈고리의 끝이 며느리를 향하도록 쥔 채로 다가갔다. 힘주어 찌를 준비는 되어 있었다. 그런데 어째서인지 눈물이 흘러나왔다. 이유 모를 눈물은 꾹꾹 눌러 삼키려 해도 도저히 삼켜지지가 않았다. 참는 소리는 입 밖으로 새어 나왔고 어느새 터져 나오는 울음이 되었다. 며느리가 그 소리를 듣고 돌아보았다.

"기억나?"

다시금 며느리의 목소리는 머리 안에서 울렸다. 동시에 온 천지의 아비규환이 머릿속에 가득 찼다. 서천댁은 바위를 딛고 선 맨발에 힘을 주었다. 정신이 아득해지는 것을, 혼이 떠올라 몸에서 빠져나가려는 감각을 막아야 했다. 서천댁은 발바닥에 닿는 자갈과 바위의 질감을 느끼며 며느리에게 한 걸음 한 걸음 다가갔다. 상대는 요물이지만 몇백 년간 조상에게 들인 정성이 빚어낸 힘이 이 닻에 깃든다면 물리칠 수 있을 것이었다. 둘 사이의 거리가 다섯

걸음 정도로 좁혀졌을 때 며느리가 재차 물었다.

"기억 안 나?"

서천댁은 그 자리에 멈추어 섰다. 눈앞의 존재는 며느리가 아닌 서천댁 자신이었다. 지금의 자신보다 더 젊고, 입가엔 어딘가 야릇한 미소가 걸려 있는. 서천댁은 잠깐 동안 흔들렸으나 상대가 문어 귀신임을 되새겼다. 문어가 영악하게도 모습을 바꿔 혼란을 주려 하는 게 틀림없었다. 민담 속 며느리에게 누명을 씌워 집에서 쫓겨나게 했던 그 문어처럼. 서천댁은 닻을 고쳐 잡고, 이제는 정말 찌를 각오로, 자신으로 분한 며느리를 향해 곧장 걸어갔다. 그런데 서천댁이 겨눈 갈고리의 끝이 아주 연약하고 부드러운 것에 닿았다. 서천댁은 발이 땅에 뿌리내린 듯 멈춰 설 수밖에 없었다.

알이었다. 며느리가 품에 알을 안고 있었다. 투명한 막 안쪽엔 온몸에 반점이 가득한 아기가 있었다. 아기는 파도 소리를 들으니 기분이 좋은 듯 빙글 돌았다.

"기억나지?"

며느리의 음성은 이제 머릿속이 아닌 사방 천지, 일세계를 넘어 대천세계로부터 들려오는 것 같았다. 한 번 더 파도가 치자 바닷물은 서천댁이 서 있는 곳까지 들이쳤다. 물은 약한 점성으로 서천댁의 발목을 부드럽게 감쌌다.

다음 순간, 서천댁은 모든 것을 기억해 냈다.

그림자

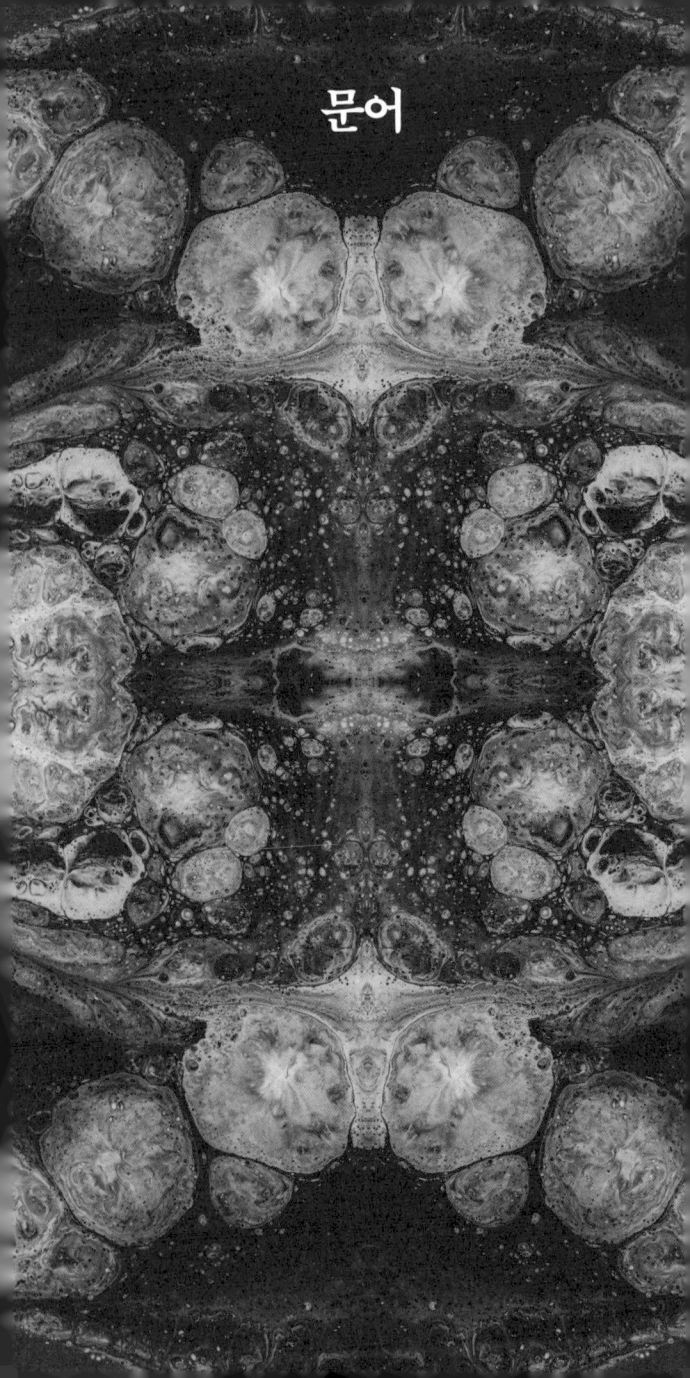

처음에 그것은 의심의 여지 없이 사랑이었다.

신씨 가문은 예로부터 자식이 귀했다. 그 어떤 자식이 귀하지 않겠냐마는 신씨 가문 외동아들 윤조는 유달리 귀했다. 윤조의 아버지도, 할아버지도, 증조할아버지도 모두 외동아들이었다. 대대로 다산한다는 집안의 처자를 수소문해 데려와도 결과는 항상 같았다. 둘째, 셋째 부인을 들여 여러 자식을 보아도 결국 성년을 넘겨 살아남는 것은 남자아이 하나뿐이었다. 윤조는 어머니 아버지가 삼십 줄에 본 늦은 자식이었다. 윤조가 태어났을 때 하인들은 생각했다. 금이야 옥이야 길러 낸 신씨 가문 외동아들이 드디어 자기 소명을 다했다. 이제 이 아이를 금이야 옥이야 길러 무사히 다음 아들을 낳게 하면 되리라.

윤조가 태어난 지 얼마 안 되어 아버지는 시름시

름 앓더니 죽었다. 사람들은 아버지가 윤조를 남기고 가서 천만다행이라고 말했다. 윤조는 왜인지 아버지가 자신을 남겼기에 죽을 수 있었을 거라는 생각이 들었다. 집안 사람들은 모두 윤조가 불면 날아갈까 쥐면 터질까 애지중지했는데, 윤조는 자신이 씨를 남기지 못하고 일찍 죽어 버릴까 봐 그들이 불안해하는 것임을 알고 있었다. 또래의 친척들은 더 깊은 공부를 한답시고 바다 건너의 도시로 떠났으나 윤조는 그럴 수 없었다. 명절 때 모인 그들은 윤조가 모르는 것들에 관해 알아들을 수 없는 얘기를 나눴다. 홀로 고향 마을에 붙박여 오래된 지식을 배우는 동안 어린 마음은 꼬여만 갔다. 어느 날 한 일꾼이 생전 처음 보는 짐승을 끌고 왔기에 윤조는 물었다.

"이것은 말도 아니고 나귀도 아닌 것 같은데 이름이 뭐야?"
"노새입니다. 말보다 힘도 세고 머리도 더 좋습니다."
"그럼 오만 데에 노새만 쓰면 되는 것 아닌가?"
"노새끼리는 새끼를 못 칩니다. 암말과 수탕나귀를 교배시켜야만 얻을 수 있는데 그게 여간 어려운 일이 아닙니다."

신씨 가문 외동아들 윤조는 일생토록 사랑에 대

해 생각해 본 적이 없었다. 할머니와 어머니가 자신의 혼사를 치러 주려 분주할 때에도 상대를 궁금해하지 않았다. 열아홉 나이에 얼굴도 몰랐던 부인과 맺어져 20년을 함께하고 아들을 낳은 뒤 죽어 버린 아버지처럼, 저도 그리 살게 되리라 믿었다. 씨를 남기고 나서야 죽을 자격을 얻는 종마처럼. 그러나 생각해 본 적 없는 것들은 언제나 예상치 못한 방식으로 삶에 침투하기 마련이었다.

윤조는 별 탈 없이 자라 방년 18세가 되었고, 이제 마을 안에서 자유롭게 돌아다닐 수 있게 되었다. 집안 사람들을 걱정시킬 만한 행동은 어련히 알아서 자제했다. 다만 어머니와 할머니가 바다 건너에 세워진 나병 환자 요양 병원을 두려워했기에, 집을 나설 때는 항상 하인 하나를 꼭 대동해야 했다.

안 그래도 더위 탓에 모두의 신경이 곤두서 있는 가운데 작은 문제가 생겼다. 며칠 전부터 거대한 문어를 잡았다며 떠벌리고 다니는 어부가 하나 있었다. 어부는 가장 높은 값을 부르는 사람에게 팔기 전까진 그 문어를 계속 통발에 가두어 둘 작정이라고 했다. 신씨 가문은 바로 그 문어를 사기로 했다. 어부는 돈을 먼저 달라고 했다. 평소 그의 행실이 구저분하다는 소문이 있었지만 집안 체면상 돈을 두고 속 좁게 굴기가 뭐해 선금을 주었는데, 그 어부가 온데간데없이 사라진 것이다. 치른 돈의 액수가 적지 않았기에 윤조와 하인은 함께 그 어부를 찾아 나섰다. 어부의 빈집을 뒤지고 행방을 묻다 옆 마을 어귀까지 갔을 땐 이미 해가 진 뒤였다. 하인은 윤조에게 목로주점에서 요기를 하자고 했다.

주점 마루 끝에 누군가 앉아 있었다. 윤조의 또래처럼 보이는 여자아이였다. 그녀가 이쪽을 보았을 때 윤조는 고개를 돌려 버리고 말았다. 이목구비가 제대로 보이지 않는데도 그 눈빛에 온몸을 관통당하는 기분이었다. 작부는 그 아이가 파도에 떠밀려 왔다고 했다.

"얼마 전에 나흘 넘게 비가 내렸잖아요? 그때 약초 캐는 김 씨가 이 애를 발견했대요. 빨가벗고 선돌 옆에 서 있었다지 뭐예요."

작부는 그렇게 말하며 익숙한 듯 윤조의 하인 옆에 자리를 잡았다.

"원래부터 모자란 건지 아님 큰 충격을 받은 건지 말할 줄도 모르던데, 가엾어서 제가 맡기로 했지요."

"이런 작은 마을에선 보기 드문 미인이네요."

하인이 아이를 빤히 보며 말했다.

"데리고 있으면 꽤나 돈이 되지 않겠어요. 벌써

부터 이렇게 눈을 못 떼고 계시는데."

작부는 그렇게 말하더니 윤조를 보며 웃었다. 윤조는 얼굴을 붉혔다. 하인이 대신해서 헛기침 소리를 냈다.

"어허, 주제넘게…."

"그나저나 여기까진 어쩐 일로 오셨어요?"

하인이 문어 소동에 관해 작부와 떠드는 사이 윤조는 여자아이의 앞에 가서 섰다. 어딜 그리 보고 있나 싶었는데, 엉성하게 엮은 울타리 사이로 망망대해가 내려다보였다. 바다에 무언가 떠 있나 하고 유심히 살폈지만 평소 그대로의 바다일 뿐이었다. 다시 고개를 돌려 여자아이를 보니, 지금은 윤조를 빤히 쳐다보고 있었다. 윤조는 또 얼굴이 붉어졌다. 새까만 눈동자는 깊이를 알 수 없이 아득하면서도 투명해 안이 훤히 들여다보였다. 그녀는 윤조를 올려다보고 있었는데 눈빛만큼은 내려다보는 것처럼 위압적이었다. 그리고 그 위압감엔 어딘가 편안한 구석이 있었다.

"어디서 왔어?"

돌아오는 대답은 없었다. 작부는 아이가 말을 못 하는 것 같으니 답을 기대하지 말라고 멀리서 소리쳤다. 하인은 이제 떠나자며 윤조를 잡아끌었다. 그

문어

러는 동안 여자아이의 시선이 끈덕지게 이쪽을 따라붙는 것 같았다. 윤조는 제가 그 시선에 다시 끌려올 것을 알았다.

"또 보러 올게."

그리고 윤조는 정말로 그렇게 했다. 일주일에 세 번은 목로주점을 찾았다. 답을 들을 수 없어도 계속해서 말을 걸었다. 어느 날 여자아이는 허락을 구하듯 조심스럽게 윤조의 입안에 자신의 오른쪽 손가락을 집어넣었다. 혓바닥 아래, 목젖까지 만져 본 여자아이는 뭔가 알았다는 듯 목소리를 내기 시작했다. 처음엔 미약하고 떨리던 소리는 점차 힘 있게 변해 갔다. 둘은 오래도록 대화하며 마음을 나눴다. 한 달쯤 지나자 신씨 가문 아들이 섬에서 떠내려온 여자에게 폭 빠졌다는 소문이 신 씨네 집 안까지 닿았다. 할머니가 윤조를 불렀다. 그러나 먼저 입을 뗀 것은 윤조였다.

"혼인을 허락해 주셨으면 합니다."
"출신 모를 여자와 혼인하고 싶다고?"

처음 윤조를 목로주점에 데려갔던 하인이 옆에서 안절부절못하며 대신 대답했다.

"출신을 모르는 것은 아닙니다. 처음 한 달간은 입을 아예 열지 않아 몰랐는데 최근에서야 도초도에서 왔다고 털어놓았답니다. 어머니와 물질을 하러 나갔다가 파도에 쓸려 온 것 같습니다. 어머니는 돌아가셨을 게 뻔하고, 여튼….”

"됐고, 윤조 네가 말해 봐라.”

"임신을 한 것 같습니다.”

"알았다.”

할머니는 금방 결단을 내렸다. 윤조의 할아버지와 아버지 모두 아들을 30대 후반에 보았다. 그동안 대가 끊길까 마음을 졸였던 것을 생각하니, 아들을 금방 낳아 준다고 하면 출신 모를 신부래도 마다할 이유가 없었다.

여자를 친인척들 앞에 내보이려면 꽤나 많은 작업이 물밑에서 이루어져야 했다. 할머니는 가장 먼저 그녀의 가짜 신분을 만들어 냈다. 도초도에서 왔다는 이야기는 이제 잊어버리라고 했다. 섬에서 며느리를 데려왔다고 할 순 없었다. 할머니는 사돈의 팔촌 부인들의 출신지와 그들의 딸들이 시집간 곳까지 조사한 뒤 신씨 가문과는 연고가 아예 없는 북쪽 먼 동네 서천리를 여자의 새 친정으로 정했다. 서천리에서 대추 농사를 크게 짓는 배씨 집안의 고명딸. 이름은 앞으로 불릴 일도 없고 족보에도 적히지 않으니 지을 필요가 없었다. 여자는 앞으로 서천댁이라 불릴 예정이었다. 배씨 집안이 우리네만

문어

큼 배운 집안은 아니라 예의범절이며 몸가짐은 더 가르칠 필요가 있겠지만, 대대로 아들 많고 딸이 귀한 집이라 그 정돈 감안해 줄 수 있다는 이야기가 만들어졌다. 윤조의 어머니는 며느리 바로 옆에서 행동을 단속하고 예절을 가르칠 여자를 구했다. 꽤나 학식 있는 조선 공장 노동자의 아내였는데, 남편이 일본인 경영자의 착취에 반대해 파업을 주도했다가 어느 날 배와 함께 불타 죽은 채로 발견되었다고 했다. 그길로 딸을 데리고 도망쳐 나온 여자는 신씨 가문의 집에 새로운 신분으로 뿌리내리길 원했다. 그러니 신부가 친정에서 데려온 몸종 역할을 시키기에 더할 나위 없이 알맞은 사람이었다. 여자가 데려온 일곱 살배기 딸 사금이가 마음에 걸렸지만, 잘 키워 장차 태어날 아이를 돌보게 할 수 있다면 오히려 덤을 얻은 셈이었다.

마을엔 섬에서 떠밀려 온 여자아이의 가족들이 목로주점을 찾아 아이를 데려갔다는 가짜 소문을 퍼뜨렸다. 사람들은 윤조의 실패한 첫사랑을 안주 삼아 떠들었다. 신씨 가문이 급히 혼례를 준비하는 것은 괜한 소문을 잠재우고 윤조를 위로하기 위함이라고 다들 생각했다. 이 모든 일이 한 달 만에 이루어졌다. 윤조는 여자가 아이를 가진 지 한 달이 된 것 같다고 말했었다. 그러니 하루빨리 예식을 마쳐야 일찍 태어난 아이가 팔삭둥이라고 변명할 수 있을 터였다.

윤조와 서천댁은 신부 집으로 혼례를 치르러 간 척하기 위해 남몰래 마을 밖으로 떠나 며칠간 숨어 지냈다. 함께 간 하인이 잠든 사이 둘은 서로를 간지럽히며 밤새 웃었다. 임시 거처는 산속에 있었는데, 서천댁은 바닷물로부터 멀어지고 산나물이며 열매들로 배를 채우니 몸이 찌뿌둥해지는 것을 느꼈다. 서천댁이 윤조에게 본래의 모습을 들킨 것은 산에 들어간 지 이틀째 되는 날 밤의 일이었다.

서천댁의 수족들 중 여덟째는 유난히도 제멋대로 움직였다. 서천댁이 잠에서 깼을 때 윤조는 그것을 신기한 눈으로 바라보며 어루만지고 있었다. 서천댁이 깜짝 놀라 소매 아래로 수족을 감추자 흡반에 달라붙어 있던 윤조의 손이 부드럽게 소매 안쪽으로 딸려 들어왔다. 서천댁이 자는 사이 윤조는 신부의 정체를 나름대로 받아들였다. 예상하지는 못했지만 그렇게 놀라울 일도 아니라고 생각하면서 말이다. 윤조의 마음을 알게 된 서천댁의 몸은 감정의 폭풍으로 파도치듯 울렁였다. 이곳저곳이 늘어났다가 줄어들었고 붉어졌다가 검어졌다. 윤조는 그동안 서천댁의 몸을 가만히 토닥였다. 윤조의 손길이 닿는 곳에서부터 차츰 살굿빛이 번져 갔다.

문어

"언제부터 내가 이상하다고 생각했어?"

"처음 봤을 때부터."

"이런 모습이 싫지 않아?"

"아무렴 어때. 너는?"

"나도 상관없어."

그날 이후 서천댁은 종종 윤조 앞에서 부분적으로 본모습을 드러냈다. 윤조는 서천댁의 수족 위에 누워 있는 것을 좋아했다. 가느다란 수족 끝자락이 그의 뒷목을 간질이는 느낌을 좋아했고, 흡반이 강하게 붙어 있다가 떨어졌을 때 남는 자국을 좋아했고, 서천댁이 잔뜩 부풀린 수족 사이에 갇혀 움직일 수 없게 되는 것도 좋아했다.

숨어 지낸 지 나흘째 되는 날엔 비가 왔다. 윤조는 노새를 타고 서천댁은 꽃가마에 올랐다. 가마꾼, 짐꾼, 수모와 가짜 상객들이 노새 뒤를 줄지어 따르며 신씨 가문의 집으로 향했다. 혼례는 무사히 치러졌다. 상객들은 신방에 가만히 앉아 있는 서천댁을 보며 곱다고 칭찬하거나, 아들 낳으라는 덕담을 한 마디씩 던지고 떠났다. 이제 서천댁은 안채 밖으로 나올 일이 없었다. 윤조는 서천댁에게 밤이 되더라도 본모습을 드러내선 안 된다고 당부했다. 그도 그럴 것이 마루를 사이에 둔 건너편엔 시어머니 방이 있었다. 서천댁이 이미 임신했으니 부부가 동침

할 명분은 없었다. 가끔 어머니가 방을 비울 때를 틈타 하인들이 윤조에게 기별을 주었고, 그럴 때만 둘은 함께할 수 있었다.

당연하게도 서천댁은 바다를 자주 그리워했다. 그러나 담으로 겹겹이 둘러싸인 집의 바깥으로 들키지 않고 나가기란 불가능했다. 윤조가 할머니께 넌지시 아내와 바깥나들이를 하고 싶다고 말씀드려 보았지만, 할머니는 출산 전까진 절대로 안 된다고 딱 잘라 말했다. 아들을 낳고 나면 집 밖으로 나가 돌아오지 않아도 상관없으니 일단은 몸조리에만 집중하라며, 집안일도 시키지 않고 서천댁을 안채에만 두었다. 어머니도 윤조의 편을 들어 주지 않았다. 어머니는 서천댁이 온 뒤로 매일 밤 뒤숭숭한 꿈을 꾸었다고 했다. 집이 온통 물에 잠겨 있는 꿈이었다.

어느 날부터인가 안채 마당 우물물에서 짠맛이 돌기 시작했다. 염도가 바닷물과 거의 같아졌을 때쯤 기술자를 불렀다. 그는 우물 아래쪽 돌벽이 깨져 바닷물이 흘러든 것 같다고 했다. 온 일꾼들이 나서 근처에다 새 우물을 팠다. 그러나 그곳에서도 얼마 안 있어 바닷물이 솟았다. 한여름 불볕더위에 시달리며 우물을 파다 쓰러진 일꾼 하나가 죽었다. 열 개가 넘는 우물을 팠지만 모든 우물에서 바닷물이 솟았고, 여자 하인들은 마을에 내려가 공동 우물에서 물을 길어 왔다. 이내 신씨 가문에 대한 흉흉한 이야기가 돌았다. 원체 덕이 없어 아들이 귀한데, 물길까지 막힌 걸 보면 드디어 조상이 버린 게 틀림없다는 것이었다. 일꾼들은 바다와 멀고 지대가 높은 곳을 골라 우물을 파느라 점점 위로 올라갔고, 결국엔 사당 앞에 이르러서야 담수가 솟아났다. 윤조는 조상님의 은덕으로 먹을 물을 구했다며 기뻐했다. 그러나 할머니의 생각은 달랐다. 조상 위패 앞으로 물길이 나다니 좋지 않은 징조라고 여겼다.

그러는 동안 서천댁의 배는 점점 불러 왔다. 할머니는 용하다고 소문난 마을 의원을 불러다 서천댁의 맥을 짚게 했다. 의원은 왼쪽 손목의 맥이 빨리 뛰니 아들을 낳겠다고 말하면서도 뭔가 의아한 듯 고개를 갸웃거렸다. 그러곤 맥이 겹쳐진 듯한데 이런 증상은 생전 처음이라 염려가 된다며, 산전에 많이 움직이지 말고 몸조리를 잘하라고 당부했다.

식구들은 서천댁의 배를 보고 흡족해하면서도, 밤이 되면 뭐가 그리 답답한지 방 밖으로 달려 나가는 서천댁 때문에 골머리를 앓았다. 몽유병이었다. 눈을 꼭 감은 서천댁은 넘어지지도 않고 잘도 나다녔다. 그 모습을 본 하인들은 서천댁이 상체는 그대로 두고 다리만 미끄러뜨리듯 움직인다며, 귀신에게 다리를 빼앗긴 채로 돌아다니는 게 틀림없다고들 했다. 결국 서천댁의 방문 문고리에는 쇠사슬이 감기고 무거운 자물쇠가 걸렸다. 하루 세 번 식사 때만 문이 열렸고 상과 요강이 오갔다. 하인들은 순식간에 대문 밖으로 나가 절벽 아래로 떨어져 버릴지 모를 며느리 때문에 밤새워 안채 중문과 대문을 지켰다. 우물에 빠져 죽으면 안 되기에 사당 앞에도 사람을 두었다. 하인들은 바다 귀신 붙은 며느리를 데려와 우물이 오염됐다며, 조상들도 손쓸 수 없을 정도의 악귀가 들린 거라고 몰래 떠들었다. 하지만 이야기는 금세 할머니의 귀에까지 들어갔다. 서천댁의 신분에 관한 비밀을 알고 있는 하인들이 불려가 문초를 당했다. 윤조도 함께 불려가 혼났다. 할머니는 엄하게 입단속을 했지만 소문은 어느새 담을 넘어 마을을 떠돌기 시작했다. 그럼에도 서천댁이 아들만 낳아 준다면 참을 수 있다고, 할머니는 생각했다. 마을에 도는 소문은 시간이 지나면 자연히 사라질 것이었다.

어린 사금이는 버려진 우물에서 두레박을 건져 올리며 놀았다. 운 좋게 작은 소라게를 손에 넣으면 곧장 서천댁의 방으로 달려갔다. 방문은 굳게 잠겨 있었으나, 사금이는 장지문 구석에 작게 구멍을 뚫어 그 안으로 소라게를 넣어 주었다. 서천댁은 차가운 밤바다 위로 소라게가 돌아다니는 모습을 한참 보다가, 밤이 되기 전 우물에 도로 넣어 주라며 사금이에게 돌려보냈다. 그러면 사금이는 따개비가 잔뜩 붙은 두레박 안에 소라게를 넣어 내려보내곤 했다. 늘 서천댁을 가엾게 여겼던 몸종은 제 딸의 작은 선물과 문에 뚫린 손톱만 한 구멍은 눈감아 주었다.

그러는 동안 열 달이 지났고 서천댁은 아무도 모르게 출산을 했다. 해산하는 동안 그 어떤 소리도 문 밖으로 새어 나오지 않았다. 맨 처음 서천댁이 무엇을 낳았는지 본 사람은 음식상을 넣어 주려던 몸종이었다. 서천댁은 감춰야 하는 줄도 모르고 품에 안은 것을 보여 주었고, 몸종은 급히 방문을 걸어 잠근 뒤 그것을 구석 자리로 옮겼다. 그러곤 어찌해야 할지 몰라 주저앉은 채로 한숨만 폭폭 쉬었다. 서천댁은 제가 무얼 잘못했는지 몰라 몸종의 눈치만 보았다.

서천댁이 낳은 것은 알이었다. 반투명한 막 안에, 불그스름한 피부와 흡반을 가진 아기가 있었다. 몸종은 알을 숨기기로 결정했다. 윤조의 할머니와 어머니, 그리고 다른 하인들은 아기의 존재를 탐탁치 않게 여길 게 분명했다. 알을 바닷물에 넣어 두어야 한다는 서천댁의 말에, 몸종은 매일 아침 버려진 우물에서 바닷물 한 됫박씩을 퍼다 주었다. 그러면서도 서천댁의 정체에 관해선 묻지 않았다.

 아기는 자면서 무슨 꿈을 그렇게 꾸는지 색이며 모습을 계속 바꿔 댔다. 서천댁은 그 모습을 보는 것이 좋았다. 윤조에게도 얼른 보여 주고 싶었다. 몸종은 말렸지만 서천댁은 뜻을 굽히지 않았다. 결국 몸종이 서천댁의 청을 윤조에게 전했고, 그날 밤 윤조가 몰래 서천댁의 방을 찾아왔다.

 서천댁은 물동이 위에 덮어 둔 천을 들춰 보였다. 그러곤 이보다 더 사랑스러운 것은 세상에 없다는 듯 바라보았다.

 "만져 봐도 돼."

 서천댁은 물이 뚝뚝 흐르는 알을 꺼내 제 치마폭에 감쌌다. 말없이 가만히 있는 윤조의 손을 들어 알 위에 얹어 두었다. 아기가 작게 반응하는 걸 보고 서천댁은 웃었다. 그사이 윤조의 머릿속을 가득 채운 건 노새, 오직 노새 생각뿐이었다. 암말과 수탕나귀가 교접해 태어난 동물.

 그 무렵 하인들 사이에서 또다른 소문이 돌기 시작했다. 미쳐서 오밤중에 돌아다니던 며느리가 나병 환자에게 겁탈당해 생긴 아기를 조산했다는 것이었다. 아직 빨갛고 조그마한 아기가 자궁째 태어났는데, 글쎄 온몸에 얽은 자국이 가득하다는 이야기는 삽시간에 퍼졌다.

윤조의 할머니는 미칠 것 같았다. 서천댁이 이 집에 오기 전부터 밤마다 돌아다녔다면 서천댁이 낳은 아이가 정말로 윤조의 아이인지는 모를 일이었다. 그런 아이를 후사로 둘 순 없었다. 게다가 손자며느리가 병에 걸렸다면 손자와의 접촉을 막아야 했다. 그와 동시에 소문이 담장 밖으로 새어 나가지 않게끔 신경도 써야 했다. 얼마 뒤 하인들이 서천댁의 방으로 불시에 들이닥쳤다. 다행히 그들의 동태를 읽고 미리 달려온 사금이가 몸종에게 이야기를 전한 덕에 아기를 빼돌릴 수 있었다. 몸종은 사금이더러 아기가 든 물동이를 고이 안고 풀숲에 들어가 있으라 했다. 절대로 물동이를 덮은 무명천을 들춰 보지 말고, 물 한 방울도 밖으로 흐르지 않게 조심히 대하라고. 사금이는 엄마 말을 잘 들었다. 하인들은 옷장까지 구석구석 뒤져 보고 나서야 아기가 없다는 것을 사실이라고 믿게 되었다.

윤조의 할머니는 몸종을 불러 어떻게 된 일인지 따져 물었다. 몸종은 아기가 태어난 바 없다고 딱 잘라 말했다. 서천댁이 이불을 뭉쳐 아기 안는 연습을 하는 걸 보고 사람들이 말을 지어낸 것 같다, 문에 자물쇠를 단 이후로 서천댁이 방 밖으로 나간 적은 없다며 눈 하나 깜짝 안 하고 거짓말을 했다. 그러나 속으로는 벌벌 떨고 있었다. 할머니는 며느리를 가장 가까운 곳에서 시중하는 몸종에게도 병이 옮았을 수 있다고 생각해 거리를 두고 이야기했다. 몸종이 방을 떠나자, 머슴을 불러 몸종이 앉았던 자리를 싹 닦게 했다. 몸종은 상황이 이렇게 되어 오히려 다행이라고 생각했다. 손자며느리가 병에 걸렸다 여긴다면 직접 만나 보려 하진 않을 테니 말이다.

서천댁의 방 문고리에는 새로운 자물쇠가 달렸다. 하인들은 돌아가며 그 앞에서 불침번을 섰다. 쇠사슬에 매인 며느리 방문이 바람에 거세게 흔들리면 문 앞을 지키는 하인들은 숨을 죽이고 오들오들 떨었다. 어느 날은 한밤중에 누군가 대문을 두드렸다. 저녁내 술을 마시고 만취해 있던 하인 김 씨가 대문을 열었다. 비렁뱅이 같은 차림에 삿갓을 쓰고 온몸에서 물을 뚝뚝 흘리는 자가 문 밖에 서 있었다. 그는 웅웅거리는 목소리로, -를 찾으러 왔다고 했다. 김 씨가 제대로 못 알아들어 재차 물으니 그는 일그러진 발음으로, 이 집 새 며느리를 찾는다고 했다. 순간 김 씨의 온몸에 난 털이란 털은 다 곤두섰다. 이런 꼴의 외지인이 새 며느리를 찾을 일이 뭐가 있는가. 김 씨가 벌벌 떨며 사랑채를 한 번

문어

돌아보고, 그런 사람은 없다고 말하려 다시 대문 쪽을 보았을 때 그는 이미 사라지고 없었다. 그가 서 있던 자리엔 물 자국만 남아 있었다며 김 씨가 겁에 질려 떨자, 다른 하인들은 술 취해 헛것을 보았다며 그를 타박하면서도 속으론 그가 한 이야기를 믿었다.

얼마 뒤 마을에 다녀온 하인이 이상한 소릴 했다. 마을 사람들이 병원에서 탈출한 나병 환자를 때려 죽이곤 마을 초입 나무에 매달아 두었다는 것이었다. 하인들은 그가 서천댁과 내통한 환자임을 확신했다. 젊은 하인들과 아이들 몇몇은 저녁 즈음 마을에 구경을 갔다. 사람들이 그것을 끌어내리고 묻으러 가는 중이었다. 그것이 매달려 있던 나무에선 어창 냄새가 났다. 다들 고약한 냄새에 코를 틀어쥐고 머뭇거리던 차에 사금이가 달려 나가 그것을 살펴보았다. 피부는 맞아서 그런지 불그죽죽했고 이상한 돌기가 군데군데 돋아나 있었다. 사금이는 장정들과 발 맞춰 걸으며 그것의 얼굴을 확인했다. 눈이 있어야 할 자리는 텅 비었고 입안이 새까맸다. 아무리 봐도 혼이 빠져나간 거죽 같았다. 하인들은 사금이에게 그것의 모습이 어땠는지 캐물었다. 순 껍데기 같더만요. 사람들은 죽었으니 당연히 그럴 거라며, 하나 마나 한 소리라고 툴툴댔다. 그러나 그것은 정말로 껍데기 같았다. 그것이 1년 전 문어값을 받고 사라진 어부와 닮았다고 마을 사람 중 누군가 말했지만 금방 잊혔다.

윤조의 할머니는 그저 사시제에 만전을 기할 뿐이었다. 작년 이맘때 사시제를 준비할 적엔 문어를 잃어버린 일로 손해를 본 터라 이번엔 땅에서 난 것들로 정성껏 음식을 준비했다. 윤조의 아이가 무사히 태어나길 빌었고 그러고도 남은 복이 있다면 윤조에게 내려 주시길 기원했다.

사시제 전날 밤이었다. 서천댁은 오랜만에 안채에 홀로 남았다. 하인들은 전부 제사를 준비하느라 바쁜지 슬쩍 엿본 방문 밖에는 아무도 보이지 않았다. 시어머니도 자리를 비웠는지 마루 건너편 방의 불이 꺼져 있었다. 밤이 되었는데도 좀처럼 잠들지 않는 알 속의 아기에게 서천댁은 본래의 제 모습을 보여 주고 싶었다. 그래서 옷을 전부 벗고 인간의 껍데기도 벗었다.

그때 사금이가 집 뒤쪽의 수풀 틈새에서 튀어나왔다. 시할머니는 사금이에게 사탕을 쥐여 주며 서천댁의 방에서 기척이 들리면 방 안을 엿보라고 했다. 사금이는 못된 문둥이 귀신으로부터 서천댁을 지키는 사람으로 선택받았으니, 이상한 낌새를 눈치채면 당장 달려와 이르라고 말이다. 사금이는 적당한 나뭇가지를 골라 깎으며 기다릴 작정이었다. 한동안 풀숲을 뒤지고 다니다 마당으로 돌아왔을 때 본 서천댁 방문의 그림자는 영락없는 나병 환자의 것이었다. 사금이는 자세를 낮추고 마당을 엉금엉금 기어가 제가 뚫어 둔 구멍으로 방 안을 엿보았다. 가장 먼저 눈에 들어온 건 벗겨진 채 나뒹구는 서천댁의 옷가지였다. 숨을 꼭 참고 시선을 옮기자, 그것이 보였다. 그것이 천을 들추고 물동이 안의 무언가를 어루만지고 있었다. 동네 아이들과 함께 마을 구경을 갔던 날, 마을 어귀 나무에 매달려 있던 나병 환자의 모습이 딱 그랬다. 아기를 잡아먹어 병을 치료하려다 사람들에게 들켜 맞아 죽었다던 그. 사금이는 방 안에 있는 그것의 생김새를 유심히 살폈다. 울긋불긋하게 벗겨진 피부와, 커졌다 작아졌다 하며 크기를 바꾸는 원형의 흡반들. 관절이 있어야 할 팔다리는 마냥 흐느적대며 물동이에서 무언가를 꺼냈다. 알이었다. 사금이는 깜짝 놀라 입을 틀어막았다. 덜 자란 손가락 사이로 작은 소리가 새어 나왔다.

순간 그것은 고개를 돌려 사금이를 보았다. 그것의 눈동자는 염소처럼 길쭉한 한일자였다. 사금이는 뒤도 돌아보지 않고 곧장 안주인에게 달려갔다. 그리고 얼마 뒤 그때의 선택을 깊이 후회했다. 먼저 엄마에게 갔다면 모든 게 달라지지 않았을까? 앞으로 15년 동안 사금이가 계속 안고 살게 될 생각이었다.

   새 며느리의 방에 나병 환자가 있다는 소식이 사시제를 준비하느라 전부 깨어 있던 집 안 사람들 사이를 휩쓸었다. 하인들이 안채 방으로 들이닥쳤지만 서천댁은 없었다. 온갖 잠금쇠를 달아 두었던 문짝은 힘없이 바람에 여닫히고 있었다. 마당엔 물 자국이 길게 나 있었다. 하인들은 각종 농기구를 들고서 자국을 따라갔다. 자국은 안채 뒷마당의 폐우물로 이어졌다. 모두가 망설이는 사이 시할머니가 나서서 서천댁을 찾으러 가겠다고 했다. 그러자 다른 여자들도 뒤따랐다. 함께 음식 준비를 하던 사금이의 어머니는 서천댁을 걱정했다. 시할머니를 따라 줄지어 집 밖으로 나가는 사람들은 모두 뭔가에 홀린 듯 눈빛이 시퍼렸다. 그 광기에 당해 나무에 내걸리는 게 이번엔 서천댁이 될지도 모르는 일이었다. 사금이의 어머니는 사금이에게 집 안에 가만히 있으라 한 뒤 사람들을 따라갔다. 누군가 대문 앞에서 절벽 아래를 가리키며 저기 새 며느리가 있다고 소리 질렀다. 윤조도, 시어머니도, 시할머니도 모두 절벽에 난 좁은 계단을 따라 해변으로 내려갔다. 계단 아래쪽은 파도 때문에 항상 젖어 있었다. 하인

문어

중 하나가 이끼를 밟고 미끄러지면서 바다에 떨어져 죽었으나 그를 신경 쓸 여력은 아무에게도 없었다. 물과 뭍의 경계에 서천댁이 홀로 서 있었다.

선두에 선 하인들은 죽창과 농기구를 들이밀며 서천댁 주변을 반원 형태로 둘러쌌다. 이미 발목까지 물에 잠겨 있었으니 서천댁이 도망칠 곳은 바다밖에 없었다. 그 바다마저도 물살이 세고 암초가 많아 헤엄을 치기는커녕 배를 타고 건너기도 어려운 곳이었다. 서천댁은 하인들을 피하느라 점점 바다로 밀려났다. 오금까지 물에 잠겼을 때쯤 하인들 사이를 가르고 시할머니가 나섰다.

"함께 도망친 놈은 어디에 있느냐?"

서천댁은 그녀가 대체 무슨 말을 하는 건지 알 수 없었다.

"여자와 아이를 내버려두고 바다를 헤엄쳐 건넌 것 같습니다. 얼마 있으면 죽어서 파도에 떠밀려 오겠지요."

하인이 파도가 무섭게 치는 시꺼먼 바다를 내다보며 말했다. 시할머니는 서천댁이 품에 안고 있는 것을 무섭게 쏘아봤다. 서천댁은 연보랏빛 보자기에 싼 알을 품 안에 더 깊게 안았다.

"안고 있는 걸 내보여 봐라."

시할머니의 말에 하인들이 무섭게 다가왔다. 물은 점점 수위를 높이고 있었다. 서천댁의 배꼽에 차디찬 바닷물이 닿았다. 보자기 아래쪽이 젖어 들어갔다. 서천댁은 알을 고쳐 안았다. 하인 중 하나가 갈퀴 끝으로 알을 찔렀다. 순간 서천댁의 매끈한 살결에 푸른 무늬가 떠올랐다. 몸이 통제를 잃기 시작했다. 손가락과 발가락이 흐물거리며 늘어졌다. 알을 더 단단히 안을 수 있는 형태였다. 식구들은 입을 벌린 채로 서천댁을 보았다.

"뭣들 하고 있어, 얼른 저것을 끌어내지 못하고…. 저건 그냥 사특한 요술일 뿐 우릴 해치진 못한다."

시할머니의 호통에도 하인들은 주저했다. 결국 시할머니가 직접 나서려 발걸음을 떼자, 저 멀리서 상황을 바라만 보던 윤조가 사람들을 헤치고 나왔다. 서천댁의 긴장이 살짝 풀어졌다. 오랜만에 보는 얼굴이었다.

"할머니, 제가 이야기할게요."

시할머니는 못미더운 얼굴로 윤조의 두 팔을 붙잡았다.

"위험하지 않아요. 괜찮아요."

시할머니의 손에서 힘이 풀렸다. 윤조가 서천댁

문어

에게 걸어오는 그 몇 초가 한 시간처럼 느리게 흘렀다. 서천댁은 순간, 모든 것이 다시 괜찮아질 수도 있겠다고 생각했다. 아주 잠깐 동안은 그랬다.

"아기는 이리 줘."

서천댁은 윤조가 아닌 다른 이에게 본모습을 드러낸 적이 한 번도 없었다. 세상에서 단 한 사람만 자신을 이해해 주면 된다고 생각했다. 절벽 아래로 도망치는 와중에도 두 수족으로 넓고 긴 치마폭을 붙든 채 나머지 수족만으로 땅을 디디며 조심스레 움직였다. 서천댁이 마지막까지 애써 유지했던 인간의 모습은 윤조의 그 한 마디에 무너져 내렸다.

치맛자락 사이로 흡반이 달린 수족이 눈 깜짝할 새에 기어나왔다. 집안 사람들의 얼빠진 표정 위로 그림자가 드리워졌다. 구미호의 꼬리처럼 치마 뒤로 솟아오른 거대한 다리들이 달을 가리며 춤추듯 움직였다. 가장 먼저 달려 나간 것은 여덟째였다. 나머지 일곱 수족들이 질세라 뒤따랐다. 수족들은 서천댁의 허락을 구하지도 않고 기다렸다는 듯 집안 사람들을 도륙했다. 사람들의 목이나 심장을 꿰뚫고, 도망치는 사람들을 잡아 물에 처박는 등 제각각 움직였지만 서로 부딪히거나 엉키지 않았다. 아비규환이 벌어진 사이 여덟째는 윤조의 몸을 감아 들어 서천댁의 앞으로 데리고 왔다. 그리고 뱀처럼 똬리를 틀어 윤조의 몸을 옥죄더니 그의 입을 벌려 목구멍을 타고 내려갔다. 서천댁은 다른 사람들이 죽어 가는 모습에는 관심이 없었다. 그저 몸집을 부풀린 여덟째를 계속해서 삼키는 윤조의 얼굴만 보면 되었다.

서천댁은 신씨 가문의 집에 처음 왔던 날을 떠올렸다. 가마에서 내려 폐백례를 치르고 난 뒤 방을 떠날 때, 시할머니는 들으라는 듯 중얼거렸다. 어쩌다 저런 것에 홀려 가지고선. 윤조는 그 말을 듣고서 별 반응을 하지 않았다. 서천댁은 지금에 와서야 그 일이 분했다. 말은 똑바로 해야지. 내가 홀린 것이다. 이 초라하기만 한 세상에, 별 볼 일 없는 인간에게⋯.

마지막 순간 윤조는 무언가 말하려는 듯 입을 달싹댔다. 서천댁은 그가 하려던 말이 궁금했지만 여덟째는 윤조에게 틈을 주지 않았다. 결국 마지막 숨을 뱉지 못한 윤조는 축 늘어졌다. 윤조의 움직임이 전부 멎을 때까지 윤조와 서천댁의 눈은 끝까지 서로를 보았다. 윤조의 눈에 남아 있던 생기가 완전히 사라지자 여덟째는 그의 몸 안에서 스르르 빠져나왔다.

그사이 아기가 바닷물 안에서 몸에 달라붙어 있던 알껍데기를 벗고 나왔다. 바다의 것도, 그렇다고 지상의 것도 아닌 아기는 힘겹게 숨을 쉬었다. 서천댁은 아기를 안고 해변 쪽으로 돌아섰다. 지충이가 시꺼먼 잎으로 발목을 붙잡았으나 서천댁은 힘주어 끊어 내고 뭍으로 올라왔다. 그런데 여덟째가 암초를 붙잡고 서천댁이 더 이상 앞으로 가지 못하게 막았다. 원래도 각자 자아가 있는 것처럼 움직이던 수족은 이제 머리인 서천댁에게 반항하고 있었다. 입이 없어 말하진 못했으나 수족의 생각은 머릿속에서 들려왔다.

돌아가야지.

아기를 바닷속에서 키울 순 없어.

나는 돌아가겠어.

아기는 어떻게 하려고.

그럼 ㄴ*는?

목소리가 지칭한 것이 '너'인지, '나'인지 알 수 없었다. 그 불분명한 모음을 헤아려 보려는 순간 갑자기 아랫배가 아파 와 서천댁은 웅크려 앉아 끙끙 앓았다. 홧홧한 통증에 아래를 내려다보니 여덟째와 몸의 접합부가 찢어지고 있었다. 산고보다 더한 아픔에 서천댁은 비명을 질렀다. 그러는 사이 알을 안은 첫 번째와 두 번째 수족은 사람의 팔 모양으로 빚어지듯 변했다. 나머지 수족들은 서로 엉겨붙더니 인간의 두 다리가 되었다. 서천댁은 온몸에 힘을 주지 않고도 완벽한 인간 여자의 모습을 유지하고 있었다. 여덟째의 한 부분에선 살점이 울렁대더니 구멍이 벌어지면서 입이 생겼다. 그 입이 움직이며 말했다.

너는 오래전부터 물러 터졌지.

살점은 점점 불어났고 구멍 몇 개가 더 생겨났다. 새로 생긴 구멍의 안쪽에선 눈동자가 밀려나왔다. 여덟째는 눈알을 굴려 서천댁을 정면으로 보았다.

나는 너를 위한 마음에서부터 자라났어. 그런데 너는 이미 이 세계의 일부가 되었구나.

여덟째는 몸에서 뻗어 나오기 시작한 손끝을 움직여 아기를 건드렸다. 서천댁은 잔뜩 긴장했지만 아기는 미소 지으며 그것을 잡으려 손을 뻗었다. 여덟째의 머리 아래가 목처럼 잘록해졌고 이내 아름다운 이마와 어깨가 빚어졌다. 서천댁과 똑같은 모습이었다. 그것의 하반신에선 수족 여러 개가 꿈틀대며 자라났다.

네가 너를 위한 선택을 하지 않는 것을 나는 두고 볼 수가 없어. 난 너의 일부로서 바다로 가겠어.

그것은 한 발짝 다가와 두 손으로 서천댁의 관자놀이를 붙잡았다.

문어

아이를 네가 지고 간다 하니, 이 모든 기억들은 내가 안고 가지. 그리고 아이가 자라 널 떠날 나이가 되면,

관자놀이에 열이 몰렸다. 그것이 감싸 쥔 자리가 끓는 것처럼 뜨거워졌다.

그때 데리러 올게.

서천댁의 온몸에 퍼져 있던 푸른빛이 눈과 귀 부근으로 자근자근 이동했다. 그것의 푸른 눈동자는 서천댁의 머릿속에서 집요하게 기억을 골라냈다. 서천댁은 아기를 안은 팔에 힘을 주고 소리를 질렀다. 한순간 고막이 터질 듯한 파열음을 들은 서천댁은 그 자리에 쓰러졌다. 마침내 서천댁과 그것의 몸이 서로 갈라졌다. 서천댁이 정신을 잃은 사이 물살이들이 기어나와 집안 사람들의 죽은 몸을 끌고 바다로 들어갔다. 아무도 찾지 못하도록 손목 발목을 잘피 숲 깊은 곳에다 묶어 두었다. 홀로 바닷가를 배회하던 그것은 쓰러진 서천댁이 안고 있는 터진 알, 서천댁의 품속에서 버둥거리는 아기를 보며 어쩔 줄 몰라 하다 아침이 밝고 저 멀리서 인기척이 들리자 물속으로 녹듯이 사라졌다.

바로 여기 이 자리에서.

*

환영을 보는 동안 서천댁의 몸은 하얗게 색이 빠졌다가 점점 푸르게 빛나길 반복했다. 바닷물이 한 번 더 서천댁의 발을 휘감고 나서는 더 기억할 것이 없었다. 신씨 가문의 집 지붕 위로 해가 떠오르고 있었다. 며느리는 서천댁의 머리에서 손을 천천히 뗐다. 어느새 며느리의 얼굴은 씻은 듯 사라지고 눈앞에는 자신의 얼굴만이 있었다. 그런데, 원래의 며느리 얼굴이 어땠던가?

"너도 잘 알잖아. 저 견고한 성벽을 넘기 위한 방법은 며느리가 되는 것 말곤 없다는 걸."

그녀는 서천댁의 목부터 어깨, 허리를 쓰다듬다가 꽉 끌어안았다. 연한 살이 뭉그러졌다. 그녀의 손이, 몸이, 얼굴이 서천댁 안으로 쑥 들어왔다. 그리고 속삭였다. 알지, 원래 사랑은 이렇게 경계를 허무는 일이야. 그런데 경계가 사랑을 허무는 시대가 되었으니, 우린 곧 이 세상과 경계를 지을 거야. 함께 가자. 우리가 왔던 곳으로. 절벽 아래에 선 두 여인의 그림자는 서로 뒤엉키다가 마침내 하나가 되었다.

귀가 트이고 나니 지천이 부름으로 가득했다. 인간의 가청 범위를 넘어서는 소리들이 세상의 막을

문어

찢고 달려들었다. 상괭이, 돌고래, 범고래, 물범, 물개, 바다사자, 부리고래, 향고래, 귀신고래, 흑등고래, 온갖 젖먹이들의 외침이 기름 주머니와 목울대로부터 솟구쳐 나왔다. 돔, 갈치, 쥐치, 미거지, 황아귀, 뼈 가진 물살이들은 부레를 떨어 댔고, 부레가 없는 은상어, 흉상어, 간재미, 쥐가오리, 노랑가오리 같은 물살이들은 질긴 꼬리를 흔들어 파문을 일으켰다. 문어, 오징어, 배낙지, 관해파리, 바다나리들도 사람의 언어로는 표현할 길이 없는 방법으로 저마다 소리를 냈다.

연안에서 바다새들이, 천해에서 거북이가, 해원에서 고래들이, 심해에서 산갈치가 울었다. 모두들 서천댁의 귀환을 바라고 있었다. 그리고 서천댁은 기쁜 마음으로 돌아가고자 했다. 파랑의 주기가 짧아지고 파고는 높아졌다. 전신이 흘러내리는가 싶더니 다시 모양이 잡히길 반복했고 바위와 같은 색으로, 또 바다와 같은 색으로 변했다. 야광충처럼 빛을 내는가 하면 먹물에 덮인 듯 어두워지기도 했다. 맨발로 들쭉날쭉한 바위 위를 걸어도 살갗이 찢어지지 않았다. 이제 서천댁이 취할 수 있는 형태에는 한계가 없었다.

그때였다.

"며느리가 저기에 있다!"

서천댁은 소리가 난 곳을 돌아보았다. 절벽 위, 횃불을 든 마을 사람들 뒤로 신씨 가문의 집이 활활 타고 있었다. 가로 모양으로 죽 찢어진 동공이 불길로 가득 채워졌다.

*

지겸은 만신창이가 된 몸으로 물이 넘칠락 말락 하는 물동이를 질질 끌고 별당에 들어섰다. 기둥에서부터 시작된 불이 번져 영휘가 지내던 방의 문을 태우고 있었다. 지겸은 물동이 안의 물을 머리 위에서 쏟아 온몸을 적신 뒤 영휘의 방 안으로 몸을 던졌다. 이불 위에 영휘가 가만히 누워 있었다. 숨을 쉬고 있는지 확인할 겨를도 없이, 지겸은 영휘를 이불째 방 밖으로 끌어냈다. 그사이 불길은 한층 더 가까워져 당장이라도 지겸의 옷과 영휘의 이불에 옮겨붙을 듯했다. 지겸은 뜨거움을 참으며 마당 한가운데까지 이불을 끌고 나온 뒤에야 영휘를 들여다보았다.

영휘는 숨을 쉬지 않았다. 어두운 방 안, 촛불 앞에서 마주했을 땐 괴물 같아 보였던 몸은 햇빛 아래에서 보니 초라하기 그지없었다. 죽고 나서야 방 밖

문어

으로 나올 수 있었던 그의 삶이 가엾어서, 그리고 이 집에 두 달 동안 빌붙어 있었으면서 한 번도 그를 꺼내 줄 생각을 하지 못한 자신이 부끄러워서 지겸은 고개를 떨구었다. 이내 그의 뺨에 빗방울 하나가 떨어졌다.

순식간에 주변이 어두워지더니 사방에서 빗방울이 떨어지기 시작했다. 지겸은 주변을 돌아보았다. 그야말로 궁창이 뒤집힌 듯 신씨 가문의 집 위로 빗물이 쏟아져 내렸다. 집을 모조리 삼켜 버릴 것 같았던 불은 타오르던 기세가 무색하게 단숨에 사그라들었다. 그러나 모든 것이 이미 타 버리고 난 뒤였다. 지겸은 눈앞의 사물을 분간하기 어려울 만큼 쏟아지는 물줄기 너머로, 물로 된 무언가를 보았다. 절벽 너머에서 거대한 형상이 자라나고 있었다. 지겸은 연신 눈가를 손으로 닦으며 그것을 자세히 보려 애썼으나, 계속해서 내리는 비 때문에 형체가 온통 이지러져 보였다. 그것은 울음소리를 냈다. 낮고 애달픈 울음소리에 지겸의 몸이 떨렸고 땅도 흔들렸다. 그것이 긴 수족을 뻗어 오는 동안 지겸은 가만히 서 있었다. 수족은 한없이 부드러운 동작으로 영휘를 이불째 감쌌다. 그러곤 굵은 빗줄기 사이로 사라졌다. 울음소리는 길게 이어졌다. 순간 휘청인 지겸은 자세를 낮추었다. 땅이 기울어지고 있었다.

　타고 남은 집이 덩달아 기울면서 으스러졌다. 집이 붙어 있던 절벽은 육지에서 떨어져 나오기 시작했다. 집의 잔해와 함께 끝도 보이지 않는 곳으로 추락하면서 지겸은 분명히 목격했다. 그것이 하늘을 가득 메울 만큼 몸집을 불린 뒤, 신씨 가문의 집이 있던 절벽을 여덟 개의 수족으로 완전히 틀어쥐어 수면 아래로 끌고 들어가고 있었다. 섬을 하나 만들 수 있을 만큼 넓은 지반이 무너지면서 일상적인 만조보다 곱절은 빠른 속도로 물이 들어찼다.

　일대 전역의 파도가 거세어져 풍어굿을 위해 정박시켰던 방주가 바다로 떠밀려 갔다. 파도에 휩쓸려 표류하던 사람 몇몇이 방주에 올라 정신없이 다른 사람들을 건져 올렸다. 자리가 부족해지자 사람들은 망설임 없이 허수아비 용왕을 바다에 밀어 넣었다. 지푸라기로 만든 형상 따위는 이미 인간 세상에 현신한 신을 마주한 사람들에겐 아무런 가치가 없었다.

　사금이가 탄 배는 첫 번째로 친 큰 파도에 밀려 나가 먼 해역에 있었다. 비가 한 방울도 내리지 않는 곳이었다. 사금이는 선미에 서서 망원경을 통해 모든 일들을 지켜보았다. 신씨 가문의 집이 있는 절벽을 보이지 않는 장막이 둘러싼 듯 그 안쪽에만 비

문어

가 쏟아진 것부터, 불이 꺼지고 땅이 진동하더니 절벽이 무너져 내린 일까지. 온갖 재해가 한꺼번에 일어나는 걸 보며 사금이는 어떻게 된 영문인지 의아해했다. 15년 전의 일이 그러했듯 직접 보고도 믿을 수 없었다. 하지만 지금은 초자연적인 사건에 관해 골몰할 때가 아니었다. 자상이 가득한 시체가 근처에 나타날 때마다 사금이는 팔을 뻗어 얼굴을 확인했다.

"가라앉았나 봐."

함께 배에 탄 청년은 상심한 듯 주저앉았다.

"그래도…."

뱃머리에 뭔가 부딪히는 느낌에 사금이는 수면 위를 내려다보았다. 지겸이 웬 문짝 위에 쓰러진 채 밀려와 있었다. 창호지가 온통 찢겨 나가 문살만 남은 그 문을 사금이는 한눈에 알아보았다. 타다 남은 며느리 방문이었다. 어떤 연유로 지겸이 그 난리통에 문짝을 붙잡아 올라탔는지는 모르겠으나, 아마도 바다의 뜻인 듯했다. 청년과 사금이는 지겸을 끌어 올렸다. 청년이 지겸을 챙기는 사이 사금이는 수면 아래를 유심히 들여다보았다.

암초 같은 그림자가 일렁였다. 문어의 수족 하나가 길게 빠져나와 인사하듯 배 밑바닥을 톡 건드렸다. 끝내 얼굴을 보진 못했으나, 깊은 물 아래에서 어렴풋한 미소를 본 것도 같았다. 조그마한 배는 조그마한 여자아이와 두 청년과 무거운 패물들을 실은 채 파도를 타고 멀리멀리 뻗어 나갔다. 문어 그림자는 거미처럼 해저를 기어가다가 천해를 지나 곧 깊은 바다 속으로 완전히 사라졌다. 그와 동시에 수면 위를 짙게 덮었던 운무도 거짓말처럼 사라졌다. 광막한 바다가 끝도 없이 펼쳐져 있었다. 그 잔잔한 풍경은 마치 팔고 끝에 다다른 피안의 세계 같았다.

사람들은 그날 바다가 끓었다고들 했다. 누군가는 광기에 휩싸인 사람들이 해신을 쫓아냈다며 마을이 망할 징조라고 했고, 다른 누군가는 바다로부터 온 사자가 육지를 배회하던 귀신들을 모조리 데려갔으니 좋은 일이라고도 했다. 요란한 소문들이 무색하게 사람들은 그저 지겹도록 살아가고 또 살아갔다.

폭우에 바닷가 절벽이 무너지면서 그 아래 해변에 모여 굿을 하던 사람들이 파도에 휩쓸렸고, 절벽 위의 집에서 사시제를 준비하던 신씨 가문 사람들은 즉사했다. 그렇게 사건은 종결됐다. 부잣집이 물에 잠겼다는 소식에 몇몇 사람들이 바다에 가라앉은 보물을 찾아 나섰지만 동전 한 닢도 구경할 수 없었다. 누군가는 반나절 동안 잘피 숲을 뒤지다가 빈 위패 하나를 찾아내곤 재수 없다며 물속에 던져 넣기도 했다. 그 모든 흔적을 품에 안고 간 여인은 이제 세계 저편의 바다로 넘어갔으니, 이편의 뭍으로 나올 일이 없었다. 영겁처럼 느껴졌던 뭍에서의 삶은 그녀가 살아왔던, 그리고 앞으로 살아갈 무수한 세월 속에서는 찰나일 뿐이었다. 찰나는 곧 영겁이고 영겁이 곧 찰나라는 사실 또한 그녀는 알고 있었다. 그러니 언젠가는 이 모든 걸 잊고 다시 사랑에 빠질 수도 있었다. 아무렴 어떤가.

작가의 말

저는 무엇에든 쉽게 중독되는 편입니다. 돌이켜 보니 제가 처음으로 중독되었던 대상은 공포라는 감각이 아닐까 싶습니다. 초등학교 시절엔 친구들이 버린 500원짜리 문구점 괴담 책을 주워다 닳도록 읽었고, TV에서 방영하던 〈전설의 고향〉을 꼬박꼬박 챙겨 보았으며, 시골에 가는 날이면 외할머니에게 이미 들은 괴담을 다시 들려 달라고 졸랐으니 말입니다.

어린 시절의 외할머니가 직접 겪었다는 무서운 이야기들은 단연코 제가 가장 좋아하는 괴담이었습니다. 외할머니께선 사람 사는 마을 곁에서 구미호와 도깨비 등이 살아 숨 쉬는 그 이야기들을 마치실 때면 언제나, 전깃불이 들어오고 나서 그들이 전부 사라져 버렸다고 덧붙이시곤 했습니다. 저는 제가 태어나기 전에 끝나 버린 그 시절이 괜히 그리웠습니다. 집과 인접한 산을 해 질 녘까지 누비고 다니거나 할머니 댁 근처의 폐가를 탐험해도 저에겐 아무런 일이 일어나지 않는다는 사실이 못내 아쉬웠습니다.

나이를 먹고서는 더 열렬한 괴담 수집가가 되어 '지금껏 본 적 없는 괴담'을 찾아다녔습니다. 공공

도서관 서가 맨 구석에 있는 낡은 구술 채록담이나 보안 인증서가 만료된 오래된 웹 사이트를 뒤지곤 했더랬습니다. 그러던 중 염원희 교수님께서 쓰신 논문 「일제강점기 괴담의 특징과 현대 도시전설의 형성에 관한 시고-『매일신보』연재 괴담을 중심으로」를 통해, 1930년대에 '괴기행각'이라는 카테고리로 묶여『매일신보』에 실렸던 보물 같은 이야기들을 만나게 되었습니다. 독자들이 투고했다는 그 이야기들은, 외할머니의 괴담과 똑 닮아 있었습니다.

개중에서 「문어 그림자에 루명 쓴 며느리」라는 이상한 괴담은 유독 저의 시선을 잡아끌었습니다. 소설 속에도 등장하는 이 이야기의 내용은 다음과 같습니다. '해안가 마을에선 종종 문어가 민가까지 들어오기도 한다. 어느 날 문어는 며느리의 방 안까지 들어왔고, 문어의 그림자가 장지문 바깥에서 보기엔 마치 중의 머리처럼 보였다. 중과 사통했다고 오해받은 며느리는 쫓겨난다.' 제목 그대로 문어의 그림자 때문에 불륜했다는 누명을 쓰고 쫓겨난 한 며느리의 이야기인데요. 괴담이라 부르기엔 어딘가 이상하지 않은가요? 나무 정령이며 우물 귀신, 장난기 많은 도깨비와 원한 서린 처녀 귀신들이 등장하는 다른 괴담과는 달리 초현실적인 존재가 등장하지 않으니까요.

하지만 저는 그저 방에 들어왔을 뿐인 문어와, 문어의 그림자를 오해한 시댁 식구들 때문에 며느리가 너무나도 쉽게 내몰린다는 이 이야기가 그 어떤 귀신 이야기보다도 무섭게 느껴졌습니다.

이 이야기에 대해 계속 생각하다 보니 물에서 나와 육지로 숨어들어 갈 수 있고 형태와 색을 바꿀 수 있다는 독특한 특징을 가진 문어와, 남편의 집안에 편입되는 이방인인 며느리가 어딘가 닮아 있는 듯했고, 끝맺음이 이상한 이 이야기가 훗날 다른 괴담에 등장할 초자연적인 존재의 기원을 다룬 프리퀄처럼 느껴지기도 했습니다.

문어가 여자의 외피를 흉내 내어, 며느리의 신분을 덮어쓴 채로 출입이 쉽게 허락되지 않는 폐쇄적인 집안에 숨어든다면 어떨까. 그리고 시댁 식구들이 목격한 둥그런 그림자가 사실은 문어인 며느리의 본모습이라면 어떨까. 쫓겨난 며느리가 문어 괴물로 변신해 집안 사람들에게 복수를 한다면⋯ 어떨까. 그런 생각에서부터 저는 새로운 「문어 그림자에 루명 쓴 며느리」를 써 내려갔습니다. 다만 기존의 이야기들이 다뤄 온 고부 관계의 전복과 그에 따른 통쾌함을 답습하고 싶지는 않았습니다. 시어머니와 며느리라는 관계를 깨달음을 통해 벗어나야 하는 윤회의 굴레처럼 표현하고자 했고, 그 굴레를 깨뜨리고 마침내 경계를 초월하는 결말을 만들고 싶었습니다.

『문어 그림자에 루명 쓴 며느리』는 제가 처음으로 완성한 소설입니다. 첫 집필은 누구에게나 그렇겠지만 정말 어려웠습니다. 포기하고 싶은 순간도 여러 번이었지만, 정말 많은 분들의 도움 덕분에 이 이야기가 세상에 나올 수 있었습니다. 이야기의 첫 윤곽을 빚어내는 일을 도와주시고 작품 안팎으로 정말 많은 힘이 되어 주신 윤성호 감독님, 영화로 만들어지기를 꿈꾸었던 이야기를 소설로 트는 과정에서 멋진 길잡이가 되어 주신 김보희 PD님과 안전가옥 멤버분들, 마지막 단계에서 마법처럼 글을 다듬어 주신 편집자님, 저의 온갖 투정을 받아 준 가족들과 친구들에게 감사의 마음을 전합니다. 살아 본 적 없는 시대를 배경으로 이야기를 쓰기 위해 많은 논문을 참고했는데, 그중에서 「문어 그림자에 루명 쓴 며느리」를 처음 만났던 논문 「일제강점기 괴담의 특징과 현대 도시전설의 형성에 관한 시고-『매일신보』연재 괴담을 중심으로」를 써 주신 염원희 교수님께도 감사를 표합니다.

 마지막으로, 1930년대 『매일신보』에서 '괴기행각'의 독자 투고를 바라며 실었던 광고 속 문장을 소개하며 글을 마치겠습니다.

 한나절 괴로운 일에 시달리다가 깊어가는 가을밤 귀뚜라미 똘똘거리는 창 아래 등잔불을 밝히고 앉아 재미있는 이야기를 하고 듣는 맛은 생각만 하여도 가슴이 간질거립니다. 아무쪼록 많은 투고를 바랍니다.

 이 이야기가 여러분의 가슴을 조금은 간질이고 지나갔을까요? 여러분이 알고 있는 재미있는 괴담도 혼자서만 간직하지 마시고, 꼭 주변 사람들에게 열심히 들려주시길 바라요. 그 이야기가 여러 입을 타고 전해져 언젠가 제 귀에도 들어오길 기대해 봅니다.

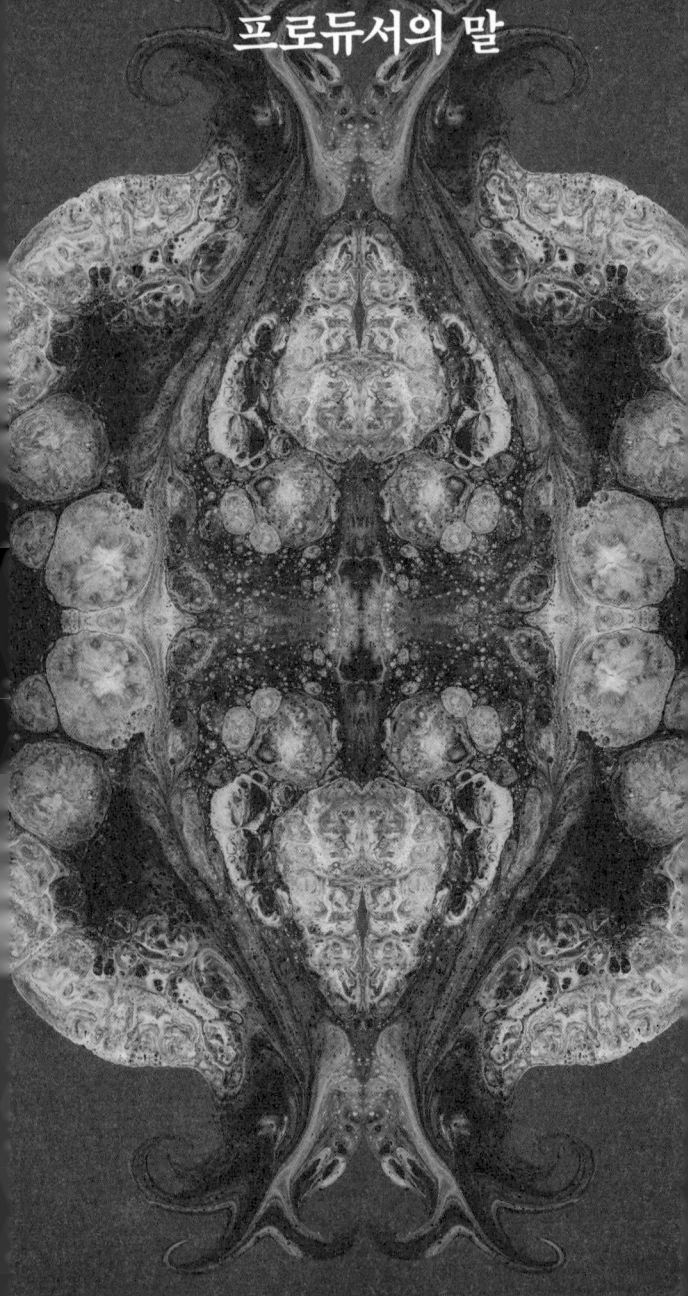

프로듀서의 말

누구나 그러하겠지만, 저는 끌림이란 감정을 굉장히 좋아합니다. 끌림은 행동의 시작점이자, 무모하게 끌림의 대상에 뛰어들게 하는 힘이 있기 때문입니다.

『문어 그림자에 루명 쓴 며느리』를 처음 마주했을 때 저는 압도적인 '끌림'을 느꼈습니다. 역량 있는 영상업계의 투자사, 제작사 등이 오유경 작가님께 많은 제안을 하였다는 것을 알고 있었으면서도 이 작품을 소설로 집필하는 것을 제안드렸습니다. 오직 '절대로, 놓칠 수 없다.'는 마음으로!『문어 그림자에 루명 쓴 며느리』를 마무리하는 지금, 그 압도적인 끌림을 믿고 용기를 내었던 저 자신을 한없이 칭찬하고 싶습니다. 무엇보다 많은 고뇌의 시간을 뚫고, 단단한 소설을 완성해 주신 오유경 작가님께 감사드립니다. 멋진 책의 형태로 이 작품이 빛을 볼 수 있게 해 주신 이혜정 편집자님과 김하얀 디자이너님께도 감사드립니다.

『문어 그림자에 루명 쓴 며느리』는 옛날 그 시절을 사셨던 할머니가 잠자리에 누운 손주들의 머리를 쓰다듬으면서 해 주시는 이야기 같았습니다. 할머니가 직접 경험한 것처럼 오감을 자극하는 섬세

프로듀서의 말

한 묘사는 숨 쉴 틈을 잊게 하였고, 점점 무서워지는 뒷이야기는 할머니 품속을 깊숙이 파고들게 했습니다. 이상하고 오묘한 이야기에 빠져 있다 보면, 깜깜한 심해 한가운데에서 문어 귀신을 만날 것 같은 긴장감에 온몸이 굳어지기도 했었습니다.

『문어 그림자에 루명 쓴 며느리』는 경계에 대한 이야기입니다. 작품 속 인물들은 보이지 않는 경계선을 두고, 경계 밖의 대상을 위협적인 또는 적대적인 대상으로 인지합니다. 그래서 그들을 혐오하거나 자신의 도구로 치부하곤 합니다. 기억을 잃은 서천댁이 며느리를 의심하고 미워하다, 결국엔 며느리를 통해 자신을 재발견하는 과정은 현재를 강력하게 은유하고 있는 것으로 보입니다. 마지막 책장을 덮고 나면 얼굴도 이름도 모르는 누군가가 나를 강력하게 보호해 주고 있는 듯 든든한 느낌이 듭니다. 어떤 힘이 사금이가 타고 있는 배 밑을 응원하듯 툭 쳐 주었던 것처럼 말입니다.

『문어 그림자에 루명 쓴 며느리』에서 제가 가장 좋아하는 구절은 "원래 사랑은 이렇게 경계를 허무는 일이야. 그런데 경계가 사랑을 허무는 시대가 되었으니, 우린 곧 이 세상과 경계를 지을 거야. 함께 가자."입니다. 깜깜하고, 막연하고, 답답한 상황이라 스스로를 의심하게 되는 순간에도 사랑으로 경계를 허물고, 다시 함께 경계를 지을 누군가가 있다는 단단한 안도감을 느낍니다. 이 소설이 긴 겨울을 보내고 봄볕을 맞이하게 된 것처럼, 우리 모두가 사랑이란 이름을 손에 잡고 오늘의 따스한 봄볕을 한껏 즐길 수 있기를 희망합니다.

감사합니다.

2025년 봄을 맞이하며,
안전가옥 스토리 PD 김보희 드림

프로듀서의 말

문어 그림자에 루명 쓴 며느리

지은이	오유경
펴낸이	김흥익
펴낸곳	안전가옥

기획	안전가옥
프로듀서	김보희
	이수인 · 이은진 · 임미나
퍼블리싱	강현지 · 박혜신 · 임수빈
편집	이혜정
디자인	금종각 · 김하얀
비즈니스	이기훈
경영지원	홍연화

출판등록	제2018-000005호
주소	(04779) 서울특별시 성동구 뚝섬로1나길 5, 헤이그라운드 성수 시작점 202호
대표전화	(02) 461-0601
전자우편	marketing@safehouse.kr
홈페이지	safehouse.kr
ISBN	979-11-93024-97-3
초판 1쇄 인쇄	2025년 4월 30일 인쇄
초판 1쇄 발행	2025년 5월 15일 발행

ⓒ 오유경, 2025

안전가옥 쇼-트 시리즈

01 심너울 단편집 『땡스 갓, 잇츠 프라이데이』
02 조예은 단편집 『칵테일, 러브, 좀비』
03 한켠 단편집 『까라!』
04 전삼혜 단편집 『위치스 딜리버리』
05 『짝꿍: 듀나×이산화』
06 김여울 경장편 『잘 먹고 잘 싸운다, 캡틴 허니번』
07 설재인 단편집 『사뭇 강편치』
08 김청귤 경장편 『재와 물거품』
09 류연웅 경장편 『근본 없는 월드 클래스』
10 범유진 단편집 『아홉수 가위』
11 『짝꿍: 이두온×서미애』
12 배예람 단편집 『좀비즈 어웨이』
13 하승민 경장편 『당신의 신은 얼마』
14 박에스더 경장편 『영매 소녀』
15 김혜영 단편집 『푸르게 빛나는』
16 김혜영 단편집 『그분이 오신다』
17 강민영 경장편 『전력 질주』
18 김달리 경장편 『밀림의 연인들』
19 전삼혜 단편집 『위치스 파이터즈』
20 강화길 단편집 『안진: 세 번의 봄』
21 유재영 경장편 『당신에게 죽음을』
22 해도연 단편집 『위그드라실의 여신들』
23 가언 단편집 『자네 이름은 산초가 좋겠다』
24 백승화 경장편 『성은이 냥극하옵니다』
25 박문영 경장편 『컬러 필드』
26 이하진 경장편 『마지막 증명』
27 권유수 경장편 『미래 변호사 이난영』
28 청예 경장편 『수빈이가 되고 싶어』
29 권혁일 단편집 『첫사랑의 침공』
30 최해린 경장편 『우리들의 우주열차』
31 김효인 단편집 『사랑은 하트 모양이 아니야』
32 김진영 경장편 『괴물, 용혜』
33 오유경 경장편 『문어 그림자에 루명 쓴 며느리』